D1362551

Les Éditions du Boréal
4447, rue Saint-Denis
Montréal (Québec) H2J 2L2
www.editionsboreal.qc.ca

LES BELLES
INTRÉPIDES

DU MÊME AUTEUR

Margot et la fièvre de l'or, roman, Éditions des Plaines, 1997 ; nouv. éd., 2004.

Le Parfum de la dame aux colliers, roman, Vents d'Ouest, coll. « Ado », 2003.

L'Équipée fantastique, roman, Soleil de minuit, coll. « Roman de l'aube », 2005.

Un été dans les galaxies, roman, Pierre Tisseyre, coll. « Sésame », 2005.

Amour, toujours amour, contes, Hurtubise HMH, coll. « Atout », 2005.

Les Aventures du géant Beaupré, roman, Éditions des Plaines, 2006.

Tableau meurtrier, roman, Hurtubise HMH, coll. « Atout », 2006.

Le Voyage secret, roman, Pierre Tisseyre, coll. « Sésame », 2007.

Les Îles mystérieuses, roman, Pierre Tisseyre, coll. « Sésame », 2008.

Louise-Michelle Sauriol

LES BELLES INTRÉPIDES

Contes du fleuve

Boréal

Les Éditions du Boréal reconnaissent l'aide financière du gouvernement du Canada par l'entremise du Programme d'aide au développement de l'industrie de l'édition (PADIÉ) pour ses activités d'édition et remercient le Conseil des Arts du Canada pour son soutien financier.

Les Éditions du Boréal sont inscrites au Programme d'aide aux entreprises du livre et de l'édition spécialisée de la SODEC et bénéficient du Programme de crédit d'impôt pour l'édition de livres du gouvernement du Québec.

Illustration de la couverture : Mylène Henry

© Les Éditions du Boréal 2009
Dépôt légal : 2ᵉ trimestre 2009
Bibliothèque et Archives nationales du Québec

Diffusion au Canada : Dimedia
Diffusion et distribution en France : Volumen

Catalogage avant publication de Bibliothèque et Archives nationales du Québec et Bibliothèque et Archives Canada

Sauriol, Louise-Michelle

    Les belles intrépides : contes du fleuve

    (Boréal inter ; 52)
    Pour les jeunes

    ISBN 978-2-7646-0651-3

    I. Titre. II. Collection : Boréal inter ; 52.

| PS8587.A386B44 | 2009 | jC843'.54 | C2009-940490-7 |
| PS9587.A386B44 | 2009 | | |

À Denyse V.,
femme de cœur disparue trop tôt.

1

L'AVENTURIÈRE DU NORD

Migrations

Non loin du village de Saint-Jean-Port-Joli vivait il y a bien longtemps une femme étrange. On la disait de sang mêlé, mi-amérindienne, mi-blanche. Elle demeurait dans une cabane de bois près du fleuve et subsistait grâce au produit de sa pêche.

Certains racontaient l'avoir aperçue, par un soir d'orage violent, dans une transe bizarre. Elle chantait et gémissait sous la pluie. Des bouteilles d'alcool vides traînaient près de sa porte. Depuis, on la surnommait la mère Ti-coup.

Prenait-elle un verre de trop ? Personne n'osait l'affirmer avec certitude. De mauvaises langues parlaient d'elle comme d'une sorcière.

Les vieux rapportaient que la femme avait traversé le Saint-Laurent pour venir habiter la Côte-du-Sud, au printemps 1849. Ils pensaient qu'elle était étrangère à la région. Trente ans plus tard, on n'était guère plus avancé au sujet de ses origines.

La mère Ti-coup vaquait à ses occupations sans

révéler la moindre parcelle de sa vie. Ce que tous savaient, c'est qu'elle prédisait l'avenir et connaissait les vertus des herbes comme pas une. Dans le plus grand secret, les habitants du coin venaient parfois la consulter. La rumeur courait selon laquelle même des gens du manoir seigneurial faisaient appel à ses services pour tenter de connaître leur destin.

Par un beau jour d'octobre, Julienne prit le chemin de la cabane de la mère Ti-coup, mais ce n'était pas pour parler d'avenir. À quinze ans, Julienne entendait décider elle-même de son sort. Par contre, elle avait un grave problème qui l'empêchait de réaliser un projet important. En cachette de ses parents, elle venait se procurer des herbes médicinales.

Tôt le matin, au moment où sa famille la croyait encore à l'église, Julienne arrivait devant la cabane de bois brut, coiffée et vêtue comme un garçon. Elle avait marché vite pour traverser les champs, laissant flotter sa veste à carreaux. Comme elle était grande et assez bien bâtie, sa silhouette ne risquait guère d'attirer l'attention dans la pénombre. Elle frappa trois fois.

— Viens donc ! C'est toujours ouvert, dit une voix chantante.

La mère Ti-coup triait des plantes vertes qu'elle disposait sur une planche de bois posée sur une table. Assise sur une mauvaise chaise, elle se concentrait sur sa récolte matinale. Elle leva la tête un instant pour observer la visiteuse, puis se replongea dans son travail.

Un feu vif animait la cheminée et rendait l'ambiance chaleureuse. Julienne contemplait les cheveux blancs épais, nattés de chaque côté, le corps encore ferme et le dos à peine courbé de la femme. C'était la première fois qu'elle la voyait de près. Une impression de force tranquille se dégageait d'elle. La jeune fille s'apaisa.

— Je viens chercher des herbes pour ma sœur, annonça-t-elle. Elle veut empêcher son sang de couler chaque mois.

— Enlève ton chapeau, ma fille, et commence par dire la vérité !

Julienne chancela et perdit contenance. Des larmes roulèrent sur ses joues. La mère Ti-coup la fit asseoir en face d'elle et lui servit un verre d'eau.

— Bois sans crainte, reprit-elle. J'ai puisé cette eau à une source pure, juste avant que tu arrives. Raconte-moi ensuite ta vraie histoire. Selon ce que tu veux obtenir, j'essaierai de t'aider.

Julienne vida le verre d'un trait, puis retira sa casquette. Sa chevelure couleur d'écorce de chêne s'étalait sur ses épaules. Elle la repoussa et commença son récit.

— Mes parents doivent me conduire au couvent après-demain. J'ai décidé que j'irais pas.

— Tu aimes quelqu'un ? s'enquit son interlocutrice,

la figure tendue vers elle. Ou peut-être as-tu fait un rêve d'amour ?

Ses yeux étaient gris perle, et Julienne la trouva soudain immensément belle, comme si le mot « amour » la transformait. Mise en confiance, elle lui révéla qu'elle aimait un garçon sans instruction qui venait de partir pour les chantiers. Comme elle était fille d'un riche marchand et douée pour les études, sa famille avait décidé qu'elle serait mieux dans un monastère qu'avec un mari médiocre. Ses deux sœurs aînées avaient épousé des notables, et son père désirait un avenir aussi enviable pour sa cadette. Avec sa tête bien garnie, il la voyait déjà tenir les comptes d'une communauté religieuse et même, un jour, en devenir la mère supérieure.

— Je veux aller rejoindre Ernest, affirma Julienne après ces révélations. Demain, je m'en irai à Lévis. Imaginez, il monte aux chantiers du Nord, du côté de La Tuque. C'est trop loin. Je vais mourir d'ennui si je reste ici.

— Tu penses arriver à rattraper son équipe ?

— J'en suis certaine. Mais, pour réussir, je dois me faire passer pour un garçon.

— Qu'est-ce que tu vas fabriquer dans les chantiers ? On t'engagera jamais pour couper des arbres. Regarde-toi les bras !

— J'aiderai le *cook*. Je sais faire la cuisine.

— J'avais deviné, répliqua la femme. L'amour embrase le corps et l'âme. Il obscurcit les obstacles. Te rends-tu compte des dangers de la vie dans le bois ? Tout le monde n'en revient pas vivant au bout de l'hiver.

— On mourra ensemble, Ernest et moi, si le mauvais sort tombe sur nous. C'est encore mieux que d'être séparés. Donnez-moi tout de suite les herbes qui arrêtent le sang de couler. Je vous en supplie !

La mère Ti-coup avait allumé sa pipe dont elle tirait des bouffées de fumée au parfum de mer. Elle semblait envahie de tristesse en regardant le fleuve par l'unique fenêtre de la cabane.

— Je paierai le prix que vous voulez ! insista Julienne.

— Il n'y a pas de prix pour l'amour, mon enfant, répondit-elle. Tu auras tes herbes et même plus. Sauf que, pour demain, on annonce du gros temps.

— Je dois partir. Sinon, je finirai mes jours sans Ernest et dans un couvent.

— Comme tu voudras. Mais reviens me voir si tu as des problèmes.

Cinq minutes plus tard, Julienne quittait la cabane avec deux sachets d'herbes moulues, cachés à l'intérieur de sa veste à carreaux rouges.

Sur la grève, des centaines d'oies blanches s'étaient rassemblées avant de reprendre leur longue migration. Leur jacassement égayait la promeneuse. Elle avait envie de danser, mais elle se retint pour ne pas éveiller les soupçons. La tête enfoncée dans le col de sa veste, elle chemina jusqu'à l'étable abandonnée où elle avait caché des couvertures et ses vêtements ordinaires dans un gros sac de toile.

En arrivant à son refuge, elle vit filer un immense voilier d'oiseaux de mer au-dessus de l'étable en direction du sud. Les oies blanches venaient de quitter le fleuve jusqu'à la saison suivante.

— Moi aussi, se dit-elle, je m'envolerai bientôt.

Quand le temps se gâte

Durant la nuit, le vent vira au nord et une pluie cinglante inonda la campagne. Les dernières feuilles jaunies tourbillonnaient, puis s'écrasaient en rafales. Dans les terres cultivées, l'eau abondante noyait les dernières céréales.

Au petit matin, le vent soufflait encore et les flaques d'eau étaient en passe de se transformer en marécages. Quand Julienne fut sur le point de s'éclipser, prétendument à l'église, elle trouva son père appuyé contre la porte, les bras croisés.

— Il fait trop mauvais pour sortir, ma fille. À part ça, veux-tu bien me dire où tu étais hier, à l'heure de la messe ?

— Mais… mais j'étais là, dans l'église.

— Hier soir, monsieur le curé m'a dit qu'il t'avait cherchée, après la célébration. Il voulait te bénir avant le grand jour de ton entrée chez les religieuses.

— Je suis sortie plus tôt pour me promener dans les champs. J'avais besoin de me recueillir dans la nature.

— Aujourd'hui, je t'interdis d'aller à l'église ou

ailleurs. Compris ? Au cas où ton Ernest se trouverait quelque part.

— Vous savez bien qu'il est déjà parti pour les chantiers.

— Bon, bon. On n'en parle plus. Quand le temps sera meilleur, je ferai atteler les chevaux et nous irons au presbytère avec ta mère. Tu recevras la bénédiction du Seigneur et peut-être, avec elle, une dose de sagesse.

— Je ferai comme vous voudrez. En attendant, je vais prier devant la statue de la Sainte Vierge.

Julienne baissait la tête dans une attitude d'obéissance. Son père ne vit pas la flamme dans son regard, ni sa main qui serrait les sachets d'herbes sous sa pèlerine. Il la crut résignée à sa nouvelle vocation. Comme elle montait vers le petit oratoire qui se trouvait à l'étage, il soupira d'aise.

La jeune amoureuse s'en fut directement à sa chambre. Plus déterminée que jamais à fuir une destinée tracée par d'autres, elle courut appuyer son front sur la fenêtre.

— Je serai bientôt libre, déclara-t-elle à voix haute, jetant un regard de défi sur la distance qui la séparait du terrain gazonné. Ce soir...

Elle ravala ses mots, au cas où des oreilles indiscrètes auraient été à l'affût. Sur la pointe des pieds, elle marcha jusqu'à son lit et, d'un bras énergique, souleva l'édredon, puis le déposa sur la commode. Ensuite elle retira les draps et les attacha ensemble. « J'aurai assez de longueur pour descendre en toute sécurité », pensait-elle.

Elle finissait à peine de remettre l'édredon à sa place que la bonne frappa et entra sans cérémonie.

— Oh pardon ! Je m'en venais épousseter, mam'zelle Julienne. Votre père m'a dit que vous étiez dans l'oratoire.

— J'ai décidé de prier ici même, Gertrude. Revenez demain, vous pourrez astiquer tranquillement ma chambre. J'entre au couvent !

— Comme vous voulez, bougonna la vieille servante. C'est-y dommage d'aller s'enfermer, mignonne comme ça. À votre place…

— Vous en faites pas pour moi, répliqua Julienne qui avait repoussé vivement les draps sous le lit.

La bonne avait déjà disparu. La jeune fille se demandait si elle s'était rendu compte de sa manœuvre. Mais Gertrude était bavarde et, comme elle n'avait rien dit, il n'y avait sûrement pas lieu de s'inquiéter.

Afin de prévenir toute nouvelle alerte, Julienne s'empara des draps et les enfouit dans le placard. Elle prit ensuite une cuillerée d'herbes dans le premier sachet accroché à sa ceinture. Les yeux fermés, elle en avala le contenu d'une traite.

— Ernest, c'est pour toi. On passera l'hiver ensemble, dit-elle d'une voix sourde. Je t'aime ! Si tu souffres là-bas, je souffrirai avec toi.

Ensuite elle rédigea une lettre d'adieu à sa mère, une

femme ambitieuse mais entièrement soumise à son mari. Elle aurait tout un choc en découvrant la fugue de sa fille.

Une heure plus tard, Julienne achevait d'écrire son message quand son père en personne vint la trouver. Elle sursauta et repoussa sa tablette à écrire en balbutiant :

— Qu'est-ce qui vous arrive ?

— J'ai décidé de braver le gros temps pour la visite chez monsieur le curé. Habille-toi chaudement et viens-t'en ! En revenant, je ferai monter la grosse valise dans ta chambre. Ton linge pour les mois à venir me semble encore rangé dans les tiroirs. C'est demain, ta rentrée. Dépêche-toi au moins de descendre !

Julienne se mordit la lèvre de soulagement. La vieille servante ne s'était aperçue de rien et son père non plus. Le cœur allègre, elle lui promit de se hâter.

Quand il eut refermé la porte, elle se tourna vers la croix accrochée au mur et pria :

— M'en voulez pas, mon bon Seigneur. Ce que je fais, c'est par amour…

La fuite nocturne

Tard dans la soirée, la maison avait retrouvé un calme apparent. Julienne alluma sa lampe à huile, les sens en alerte.

Rien ne bougeait. Tous devaient dormir. L'expédition au presbytère s'était déroulée sans incident, et elle avait joué à la perfection son rôle de future religieuse. Après la veillée, ses parents lui avaient souhaité le bonsoir avec émotion et s'étaient retirés dans leur chambre à l'étage, située du côté opposé à la sienne. Elle ne craignait plus rien de leur part.

Gertrude, la domestique de la famille, occupait une chambrette adjacente à la cuisine. Julienne était sûre qu'elle n'entendrait rien de son manège, même si elle dormait presque sous sa fenêtre. La vieille servante avait l'oreille beaucoup moins fine avec l'âge. Elle avait d'ailleurs regagné son coin de bonne heure, après avoir pris soin de dresser la table pour le déjeuner du lendemain.

Quant à l'homme à tout faire de la maison, dès la fin de l'après-midi il était reparti au logis de sa sœur, où il demeurait. Vieux garçon endurci, il se contentait d'effectuer les travaux et de conduire les bêtes, sans se mêler des remous ou tempêtes qui secouaient ses patrons.

Julienne n'avait pas quitté ses vêtements, ni ses sachets d'herbes, en se mettant au lit. Elle enfila sa pèlerine et saisit les draps roulés en boule dans le placard. D'un geste bref, elle déposa la lettre destinée à sa mère sur l'édredon, bien en évidence. Puis elle ouvrit la fenêtre et repoussa les volets.

Dehors, le temps s'était éclairci et un quartier de lune éclairait les champs d'une lueur diffuse. Julienne éteignit sa lampe à huile.

Après avoir attaché solidement l'extrémité d'un drap à la commode de bois massif, elle laissa pendre une partie du linge de lit dehors. Sans hésitation, elle franchit le rebord de la fenêtre et s'agrippa à un morceau de drap. Puis, en s'aidant de ses jambes, elle entreprit une descente périlleuse le long du mur extérieur.

En moins d'une minute, ses pieds touchaient l'herbe détrempée par la pluie. Elle avait réussi! Malgré le froid, son front brûlait et tout son corps tremblait. Elle jeta un bref regard sur la maison familiale et, à pas de loup, se dirigea vers les buissons d'aubépine qui bordaient la propriété à l'arrière.

Rendue à l'endroit où il y avait une brèche, elle sentit tout d'un coup une présence. Quelqu'un l'avait repérée! Prête à tout pour s'échapper de la maison, la fugitive fonça vers la haie. Une personne venait à sa rencontre, recouverte en partie d'une poche de pommes de terre vide.

— Gertrude ! s'écria Julienne en reconnaissant la forme courbée. Qu'est-ce que vous faites là ?

La servante enleva son camouflage. Elle attendait le passage de sa protégée et, au lieu de lui barrer le chemin, elle lui tendit un paquet ficelé.

— Prenez ça ! dit-elle à voix basse. Sur les routes, vous en aurez besoin. Que la bonne sainte Anne vous garde !

La vieille avait déjà caché son corps sous son grand sac et reprenait la direction de la cuisine. Ombre discrète dans la nuit, elle ne risquait pas de réveiller le père ou la mère endormis.

Julienne serra contre elle le cadeau inattendu et s'empressa de franchir la haie. D'un pas vif, elle traversa le champ voisin afin d'atteindre au plus tôt la grange abandonnée.

Comme elle entrait dans son refuge, la porte grinça. Non loin, un hibou répondit par son *hou-hou* sinistre. Julienne grelottait dans l'obscurité. À tâtons, elle finit par retrouver le sac de toile contenant ses vêtements de garçon et des couvertures contre le froid. Elle se changea en écoutant d'une oreille inquiète les bruits nocturnes de la campagne.

Lorsqu'elle risqua un œil dehors, elle aperçut au bord

du fleuve la maison de la mère Ti-coup, encore éclairée. Une impulsion irrésistible la poussait vers cette lumière. Il lui fallait à tout prix parler avant son départ à la femme aux tresses blanches.

Elle ramassa son sac de voyage et reprit le chemin de la cabane.

Un canot dans la nuit

— Entre ! dit la mère Ti-coup en ouvrant la porte avant même que Julienne n'ait frappé. J'ai pensé que tu viendrais.

— Je resterai pas longtemps. Avant le jour, je veux être loin sur la route. À ce moment-là, j'essaierai de me joindre à des gens qui montent aux chantiers du Nord. J'ai plusieurs jours de retard.

— Ton amoureux doit déjà être rendu loin. Il faut que tu prennes un raccourci.

— Par où ?

— Par le fleuve.

La proposition sembla des plus saugrenues à Julienne. Comment pourrait-elle naviguer la nuit vers Lévis ? Aucun bateau n'entreprenait le voyage à cette heure tardive. Elle regarda la femme et, sous la flamme de la chandelle, il lui sembla voir un drôle de reflet dans son regard. Prenait-elle de l'alcool, comme on le prétendait ? Julienne regrettait soudain sa visite.

— J'ai l'esprit clair et le corps vigoureux, déclara la

mère Ti-coup avec aplomb. Ce sera bientôt marée haute. On pourra remonter le fleuve, grâce au courant. Mon canot est amarré juste devant.

— Un canot ? On partirait là-dedans ?

— Fais-toi pas de peurs sans raisons. C'est une embarcation sûre, fabriquée par les Indiens. Mais, avant de ressortir, prends une tisane bien chaude pour réchauffer ton corps par l'intérieur. Tu auras besoin d'énergie.

Quelques minutes plus tard, Julienne avalait une infusion tonifiante, mystifiée par le discours de l'étrange femme. Un pouvoir singulier émanait de sa personne. Elle était incapable de lui résister. De plus, cette femme croyait en son amour pour Ernest, alors que sa famille en faisait fi. Comment cela se faisait-il ? Surtout, pourquoi voulait-elle l'aider ? Le mot « sorcière » vint sur les lèvres de Julienne. Elle frissonna.

— Les gens méprisent les femmes qui agissent, affirma la mère Ti-coup, dont le visage prenait des tons orangés dans la pénombre. Tu dois rester forte envers et contre tout.

— Votre canot, il est… normal ?

— Qu'est-ce qu'ils t'ont fait croire !

La mère Ti-coup ferma les yeux et porta la main sur son cœur.

— Mon canot a été construit avec de belles écorces, et aucun mauvais sort n'y est rattaché. J'ai voyagé de l'ouest au nord et du nord au sud là-dedans.

— Ça vous amusait de voyager ?

— J'étais à la recherche de quelqu'un…

Une profonde détresse avait envahi la femme. Une infinité de rides couvraient son visage et la rendaient sans âge. Elle poursuivit avec peine :

— Dans mon temps, le garçon que j'aimais était parti faire la trappe des animaux à fourrure… On m'a enfermée parce que je voulais le suivre… Il est jamais revenu. Quand j'ai réussi à m'enfuir et à retrouver sa trace, c'était trop tard : il était mort depuis longtemps.

Un lourd silence suivit cette révélation. Puis, comme s'il ne s'était rien passé, la mère Ti-coup prit une paire de ciseaux et déclara joyeusement :

— Pendant que tu finis ta tisane, je m'en vais te couper les cheveux. Holà ! enlève-moi ton casque !

— Non ! Ernest aimera pas ça !

— Tes cheveux repousseront. Mais tu perdras ta chance d'aller aux chantiers si on te démasque en chemin.

Encore une fois, Julienne ne pouvait rien objecter. Des larmes brûlantes sous les paupières, elle laissa la mère Ti-coup tailler à la garçonne son abondante chevelure. Furtivement, elle saisit au passage une longue mèche qui tombait, l'enroula sur ses doigts et l'enfouit dans son corsage.

L'opération terminée, la femme balaya les cheveux dans un coin. Puis elle ramassa un ballot de couvertures et un panier d'osier. Ensuite, elle se dirigea vers la porte en disant :

— Emporte ton bagage, souffle la chandelle et suis-moi !

Moins de dix minutes après, une femme aux tresses blanches et une fille à casquette filaient en silence en remontant sur les eaux du fleuve. Elles ne sentaient ni le froid ni le vent, et la fatigue ne les atteignait pas. Concentrées sur leur course, elles pagayaient avec une énergie redoutable.

Sous le quartier de lune, le canot argenté voguait à une vitesse de plus en plus grande, qui devint vite irréelle. À peine déplaçait-il un peu d'eau. On aurait dit qu'il volait au-dessus de la crête des vagues ! Le village de Saint-Jean-Port-Joli, avec son quai de bois et le clocher de son église, s'effaça rapidement du décor.

Bivouac secret

Le jour commençait à poindre quand Julienne entrevit les chantiers navals de Lévis. « Est-il possible que je sois déjà rendue ? » se demandait-elle, étonnée de la rapidité de leur voyage. Le canot était-il vraiment normal ? Assise à l'arrière, la mère Ti-coup lui annonça tranquillement :

— On s'arrêtera bientôt. Là où le fleuve devient plus étroit.

— Vous allez retourner chez vous, ensuite ?

— Pas avant que tu sois sur la route du Nord.

— De l'autre côté du fleuve ?

— C'est bien ça. Auparavant, on doit refaire nos forces.

La mère Ti-coup ralentit leur course. D'un bras souple, elle finit par diriger l'embarcation vers les battures.

Une minuscule cabane de chasseurs offrait un abri inattendu aux voyageuses. Après avoir tiré le canot dans les hautes herbes, la femme invita Julienne à y entrer.

— Là, nous serons au sec. La marée se retire à peine et le sol est trempé.

— Oh ! regardez entre les herbes, là-bas ! On dirait qu'un oiseau se débat. Je m'en vais voir !

De faibles cris et des bruissements d'ailes leur parvenaient. Julienne s'élança dans cette direction. Dans l'aube grise, elle découvrit un canard affolé qui cherchait à s'envoler. Ses couleurs vives tranchaient sur le morne décor. La pauvre bête s'élevait un peu, puis retombait sur le côté, vaincue. Julienne s'accroupit près de l'oiseau et le prit dans ses bras. Sans réfléchir, elle le transporta dans la cabane.

La mère Ti-coup revenait avec son panier d'osier. Elle jeta un regard admiratif sur le canard, maintenant étendu sur le sol, terrifié.

— Hum ! Un vrai beau mâle ! Surprenant que des chasseurs l'aient oublié. Peut-être qu'il a réussi à s'enfuir loin d'eux, même avec du plomb dans l'aile. Je vais voir ce qu'on peut faire pour lui.

Avec le jour qui pointait, des coups de fusil retentissaient des deux côtés du fleuve. Par chance, personne ne s'approchait de leur batture. La mère Ti-coup avait offert à Julienne une galette de sarrasin, que celle-ci avait croquée avec appétit. Mais, avant de regarnir son propre estomac, elle avait commencé à soigner le canard.

— Regarde-moi la belle crête de plumes blanches et vertes qu'il a sur la tête ! On l'appelle le canard huppé. Une des merveilles de la terre avec son dos flamboyant, roux, bleu, blanc et noir ! C'est un jeune, peut-être qu'on pourra le sauver. Je m'en vais recoudre son aile. Donne-lui de l'eau pour l'encourager.

L'oiseau remuait à peine et semblait s'abandonner aux mains expertes de la femme. Julienne lui mit dans le bec des gouttes d'eau qu'il avala aussitôt. Elle répéta l'opération plusieurs fois.

Lorsque la mère Ti-coup eut terminé son délicat ouvrage, le canard se remit sur ses pattes. Il reluquait l'ouverture de la cabane, mais demeurait à l'abri, sans chercher à s'envoler.

— Tu as perdu les tiens et tu veux rester avec nous ? demanda la mystérieuse femme. C'est bon, je t'emmène. Je prendrai soin de toi jusqu'à ce que tu puisses voler.

Julienne et la mère Ti-coup étaient prêtes à repartir quand elles entendirent un clapotement régulier et des voix d'hommes. Des chasseurs, sans aucun doute ! En un clin d'œil, les deux réfugiées remontaient à bord du canot avec leur nouveau passager. Elles reprirent leurs avirons et s'élancèrent sur l'eau glacée.

À travers le brouillard matinal, la ville de Québec se profilait vaguement devant elles. Peu à peu, les fortifications émergeaient de l'ombre. Au sommet du cap Diamant, la Citadelle dressait sa structure sévère. Julienne avait l'impression de découvrir une cité étrangère, foisonnant de mystères et de dangers. Quel sort l'attendait sur la rive nord ? Arriverait-elle à rattraper son amoureux ?

La course fantastique

Moins de cinq minutes plus tard, le singulier canot approchait de l'autre rive. Troublée par l'agitation déjà perceptible dans le port de Québec, Julienne cessa d'avironner.

— Ça m'inquiète d'arrêter ici, commença-t-elle.

La mère Ti-coup se mit à rire.

— Qu'est-ce que tu racontes, ma fille ! Je te laisserai aux Trois-Rivières, près du chemin du roy. Non loin des routes qui montent aux chantiers.

— C'est bien trop loin !

— Avec de la volonté, tout est possible. Vas-y, on tourne au sud !

Julienne doutait qu'elles puissent atteindre la région des Trois-Rivières avec leur frêle embarcation. C'était franchement irréalisable. D'autant plus que les courants étaient forts. Mais elle était contente de s'éloigner de Québec et se remit à pagayer.

Au fond du canot, le canard dormait paisiblement. La vue du magnifique oiseau s'accrochant à la vie insuffla un nouvel entrain à Julienne. Elle rêvait à son Ernest et se voyait déjà frémissante à ses côtés. En douce, elle lui offrait ses lèvres. Les larges mains de son amoureux entouraient ses hanches, la caressaient tendrement. Oubliant le froid et ses doigts endoloris, Julienne entonna :

— *C'est l'aviron, qui nous mène, mène, mène, c'est l'aviron qui nous mène en haut !*

La femme aux tresses blanches poursuivit la chanson en inventant des couplets nouveaux. Les mots parlaient de fleuve et d'oiseaux, d'amour et de douleur. Julienne crut entendre aussi dans les paroles son nom et celui d'Ernest. La voix de la mère Ti-coup était claire et fluide. Elle se répandait dans le matin comme une cascade d'eau vive. Julienne reprit le refrain avec ferveur.

Au moment où elle se remit à chanter, elle eut la nette impression que le canot augmentait sa vitesse de croisière. Julienne ne sentait plus l'effort, et le paysage défilait à toute allure. Elle n'aurait pu dire où elle se trouvait. À peine repérait-elle un quai qu'il avait déjà disparu loin en arrière. En réalité, le canot survolait le fleuve ! Une force mystérieuse propulsait encore une fois l'embarcation au-dessus des obstacles. Et plus le chant se poursuivait, plus leur course fabuleuse s'accélérait.

Après un certain temps, la mère Ti-coup cessa de chanter. Le canot reprit un rythme régulier et elle l'orienta vers la rive. Les voyageuses accostèrent en douceur au milieu d'herbes et de petits rochers.

Julienne était éberluée. En cet endroit du fleuve, elle

pouvait entendre le bruit des charrettes qui passaient. La route était à proximité, et aucun mouvement de marée ne se manifestait. Se trouvaient-elles vraiment aux environs des Trois-Rivières ?

Un terrible doute à l'endroit de la mère Ti-coup lui rongea soudain l'esprit. Pour naviguer à bord d'un tel canot magique, celle-ci aurait-elle fait un pacte avec le diable ? Ou, pire, serait-elle une diablesse elle-même ? Elle balbutia en frissonnant :

— Com… comment vous appelez-vous ?

— Mon vrai nom, c'est Rosalie. Je connais le surnom que les gens m'ont donné dans le village. Un soir, des farceurs ont déposé des bouteilles vides à ma porte et ont fait courir toutes sortes de bruits à mon sujet. Pourtant, je bois seulement de la tisane !

— Vous pouvez jurer que vous entretenez pas de liens avec… avec…

— Avec le diable, tu veux dire ? C'est toujours pareil ! Dès qu'une femme s'affirme, on la soupçonne… Suis ton destin et ne crains rien ! Je connais ta famille depuis longtemps. Tu as bien fait de ne pas les écouter…

Ces dernières paroles firent tressaillir Julienne. Une parente du nom de Rosalie avait mystérieusement disparu de la famille, de nombreuses années auparavant. C'était une cousine lointaine, instruite et au beau langage. On ne parlait d'elle qu'à voix basse. Il était parfois question de mauvaise vie, d'autres fois, de sorcellerie. À regarder les yeux gris de la mère Ti-coup, elle avait l'impression de retrouver le regard de son aïeul maternel, maintenant décédé. Voyageait-elle en compagnie d'une revenante ?

Un rire éclata en notes aigrelettes. La femme aux tresses blanches était retournée dans le canot chercher le panier d'osier. Elle riait aux éclats en tendant à Julienne une bouteille et quelques galettes.

— J'ai eu plusieurs vies, ma fille, mais je suis bien vivante ! Je ne porte ni chaînes ni boulet. Emporte avec toi ces provisions. Tu dois maintenant aller te poster sur le chemin du roy. Écoute les chevaux qui trottent et les roues des charrettes qui grincent.

— Et vous ?

— Mon destin est accompli. C'est le tien qui est important. Que l'amour continue de toujours t'inspirer ! Reste forte, quoi qu'il arrive, et tu vaincras. Bonne route !

Avant que Julienne n'ait le temps de prononcer le mot « merci », la femme était retournée à son canot et le remettait à l'eau. À peu de distance, une charrette venait de s'arrêter et un homme jurait à pleine voix. Une roue semblait être la cause de sa colère.

La jeune aventurière but une gorgée de l'eau offerte par Rosalie et serra les galettes dans son sac.

— À présent, se dit-elle, je suis un garçon qui monte aux chantiers du Nord.

Résolument, elle s'avança dans le chemin où trois compères s'affairaient autour d'une charrette.

Entre fleuve et chantiers

Quand Julienne se planta devant l'équipage, les chevaux ruaient d'impatience.

Un homme plus âgé s'affairait à replacer une roue avec l'aide de deux apprentis. Il continuait de ronchonner en travaillant.

— Esprit que ça va mal ! On a perdu le *cook* et maintenant la charrette se détraque. Cal…

— Je sais faire de la soupe aux pois, cuire les *bines* pis le lard, déclara la nouvelle arrivée de sa voix la plus masculine. Emmenez-moi aux chantiers, je vais vous en confectionner, des repas solides !

— D'où ce que tu sors ? s'étonna l'homme musclé en relevant la tête. T'as pas d'expérience. Regardez-moi c't'échalote qui veut passer l'hiver dans une glacière !

— Je suis capable d'entretenir des feux brûlants. Engagez-moi, vous serez contents rendus là-bas. Vous aurez tout de suite de quoi manger chaud.

— Sais-tu compter, placer des commandes, pis faire des calculs ? On a besoin de quelqu'un de fiable sur toute la ligne. Il nous faut un *cook* équipé même pour soigner nos hommes.

— Je peux faire tout ça sans problème. Prenez-moi avec vous autres, vous le regretterez pas.

Le gars de chantier ne répliqua rien. Il termina son ouvrage en marmonnant. Quand il se releva, il examina le nouveau de la tête aux pieds, puis reprit sa place à l'avant de la charrette. Julienne tremblait de déception.

— Laissez-moi pas là! cria-t-elle. Vous allez le regretter!

L'homme attrapa les guides et, sans se retourner, lâcha soudain :

— Embarque! Pis avise-toi pas d'être malade comme l'autre ou de tomber dans un trou. Comment tu t'appelles?

— Julien!

— Moi, c'est Alphonse! Bûcher, je connais ça. Je suis un vieux de la vieille, j'ai trente-deux ans. Tenez-vous bien les gars, on part! Le chemin de traverse est pas loin. Faut monter au plus sacrant jusqu'aux Piles avec les chevaux[1]. On rattrapera peut-être les autres avant d'arriver au chantier.

---

1. Saint-Jacques-des-Piles (aujourd'hui Grandes-Piles) : village de Mauricie qui était la porte d'entrée des chantiers.

Julienne ne s'était pas fait prier pour grimper dans la charrette. Un garçon d'à peu près son âge l'avait aidée à prendre place sur la plate-forme avec les bagages. Aussitôt installée, elle avait examiné la figure des deux jeunes gens avec anxiété. Aucune ressemblance avec son Ernest. Ils étaient châtains et pas très grands, alors que son amoureux avait la taille haute et les cheveux noirs comme du jais.

Ceux-là se nommaient Lucien et Marcel. Ils avaient l'air d'ordinaires cultivateurs qui, comme tant d'autres à l'automne, s'improvisaient bûcherons. Leur équipage avait pris du retard à cause du décès subit du cuisinier, atteint de pneumonie. Ensuite, les avaries répétées de la vieille charrette les avaient éloignés encore plus de leur convoi.

— Vous venez d'où ? se risqua à demander la future *cook*.

— De la Côte-du-Sud, dans le coin de Saint-Aubert, répondit un des gars. On est des cousins à Tit-Phonse. Pis toi ?

En entendant le nom de Saint-Aubert, Julienne avait frémi : le village d'Ernest, à côté de Saint-Jean-Port-Joli ! Son amoureux devait se trouver plus haut avec d'autres compagnons ; sans doute avaient-ils voyagé plus vite. Tout d'un coup, elle s'aperçut que les deux cousins la regardaient avec curiosité. Elle s'empressa de répondre.

— Je reste à Grondines, pas loin d'ici.

Une violente secousse projeta l'un des garçons presque en bas de la charrette. Il se retint juste à temps et se rassit, l'air sombre.

— Désespoir ! grinça-t-il.

D'un geste impulsif, il prit dans un sac une bouteille de boisson forte qu'il fit circuler. Julienne n'osa refuser la tournée pour ne pas éveiller de nouveaux soupçons.

Chacun surveillait à présent le chemin de terre battue qui servait de voie aux charretiers pour circuler en Mauricie. Les trous étaient nombreux, les côtes aussi, et les chevaux devaient fournir un effort constant. Les futurs bûcherons durent descendre et marcher, prêts à intervenir avec des haches ou des pelles.

L'estomac mis en feu par l'alcool, Julienne plongea dans ses rêves de retrouvailles. Les joues brûlantes et les lèvres humides, elle soupirait malgré elle. Hélas, il lui faudrait attendre plus longtemps que prévu pour revoir Ernest. Ils n'avançaient pas vite. Avant de se blottir contre la poitrine de son amoureux, elle devrait patienter plusieurs jours, peut-être davantage. Attristée, elle contemplait le paysage ininterrompu d'arbres dénudés, d'épinettes et de broussailles : la forêt, et encore la forêt.

Le souvenir de Rosalie et ses paroles d'encouragement lui remontèrent soudain à la mémoire. Dans son canot, elles avaient franchi des espaces inouïs. La volonté de cette femme était sans limites. « Reste forte, quoi qu'il arrive », avait-elle dit.

Julienne se ressaisit au son de cette voix intérieure. Dans un tournant, elle introduisit ses doigts dans le sac dissimulé sous sa veste et avala une bonne pincée des herbes de la femme aux tresses blanches. Elle serra les jambes et continua de suivre les autres, sans sourciller ni se plaindre.

Rêves et cauchemars

Le voyage jusqu'aux Piles fut une succession de désagréments. Durant l'après-midi, la pluie s'était mise à tomber. Les chevaux glissaient dans la boue, et le petit groupe s'arrêta avant d'atteindre un refuge. Détrempé autant que les autres, Alphonse gueulait :

— Aidez-moi à nettoyer le terrain à gauche. On va monter la tente drette là. C'est un peu plus haut. L'eau va s'égoutter. Grouillez-vous !

À plusieurs bras, le sol fut prestement déblayé et la mauvaise tente dressée. Julienne avait participé à la corvée avec toute la vigueur dont elle était capable. Aucun commentaire ne s'éleva à son sujet. Exténués, les bûcherons s'étendirent sur des branches de sapin après avoir avalé des galettes et partagé une bouteille de rhum.

Durant la nuit, même emmaillotée dans ses deux couvertures, Julienne gelait tout rond. Elle souffrait tellement qu'elle fit un cauchemar horrible. Au milieu d'un éclair, elle aperçut un gigantesque arbre glacé s'abattant sur Ernest. Elle poussa un cri de détresse retentissant.

Quand elle s'éveilla, l'un des gars s'était relevé sur sa couche.

— Viande ! J'aurais juré que ma blonde était par ici et qu'elle appelait à l'aide, grogna-t-il en se recouchant.

Julienne pensait mourir de peur et de froid. Elle avait failli se trahir ! Machinalement, elle fouilla dans son sac à la recherche de réconfort. Elle sentit sous ses doigts gelés le paquet ficelé offert par Gertrude, la vieille bonne. Vite, elle le déballa et prit une bouchée. C'était moelleux et parfumé : un gâteau au miel, son dessert préféré ! Autant la saveur du mets que la tendresse de Gertrude la remirent d'aplomb. Elle mangea une partie du gâteau et remballa soigneusement le reste. À l'avenir, en plus des herbes, elle résolut de croquer une bouchée de ce précieux dessert avant de dormir.

Le jour suivant, elle entreprit de cuisiner. Des vents impitoyables s'étaient levés, et la flamme du feu de camp vacillait sans cesse. En dépit de ces inconvénients, elle finit par apprêter une soupe consistante pour ses compagnons. Surtout, elle parvint à camoufler sa féminité en multipliant les gestes brusques et les jurons épicés tout en travaillant.

Le troisième jour, un froid intense envahit la région. L'attelage repartit sur une surface plus dure, devenue carrossable. Une fumée blanche s'exhalait par les nasaux des chevaux qui avançaient péniblement, mais sans risque d'enlisement. Les bûcherons s'inquiétaient surtout pour la charrette, qui craquait à chaque virage. Ils marchèrent à nouveau de longues heures avec les bêtes.

Quand, deux jours après, fourbus et crasseux, ils aperçurent l'endroit appelé « les Piles », le cœur de Julienne se mit à battre très fort.

Dans le village régnait une vive animation depuis que des chantiers avaient été ouverts jusqu'en haut de La Tuque. Les bûcherons, marchands, aventuriers de toutes espèces s'y rassemblaient. Retrouverait-elle Ernest parmi cette foule en mouvement ?

Cet après-midi-là, un imposant groupe d'hommes à vestes à carreaux et chapeaux difformes s'agglutinaient sur le quai où un bateau était amarré. Quand Alphonse l'aperçut, il grimpa dans la charrette et lança les chevaux à fond de train vers le quai. Julienne et les deux gars pressèrent le pas derrière.

De loin, la rivière ressemblait à un miroir brouillé de plaquettes de glace que le vent déplaçait au gré de ses bourrasques. En avançant, Julienne croyait par instants apercevoir le visage d'Ernest dans l'eau. Un visage qui disparaissait, puis se reformait, emporté toujours plus loin. L'écho de la voix d'Alphonse, déjà arrivé au quai, la tira de ses songeries.

— HÉ ! ATTENDEZ-NOUS ! hurlait-il en vain à l'adresse du capitaine.

Le bateau s'éloignait avec un groupe de bûcherons, laissant les autres en attente. C'était le dernier à partir ce jour-là. Et ce serait le dernier de la saison, en raison du froid inhabituel qui pétrifiait la région.

Alphonse revint vers son groupe en jurant à pleine bouche. Déçus, les hommes décidèrent de faire marche arrière et de dormir au village.

Julienne fit rapidement le tour de la dizaine de bûcherons qui restaient, dans l'espoir de retrouver son amoureux. Peine perdue. Il était déjà parti, ce qu'elle avait pressenti dès son arrivée. Elle se retint de pleurer.

— Hé, le *cook*! cria Alphonse. As-tu fini de dévisager le monde ? C'est avec nous autres que tu montes aux chantiers ! On va camper pas loin d'ici pour être les premiers à aborder demain avant que le bateau soit plein.

Quinze minutes plus tard, la tente était montée, et Julienne commençait à cuire des patates provenant de la ferme des parents des gars de Saint-Aubert. Une flamme haute dansait dans le vent, devenu léger. Un peu réconfortés, les campeurs se serraient autour du feu avec leurs gamelles.

Cette chaleur flamboyante rappelait au cuisinier improvisé la cabane de Rosalie. L'image de la femme au regard fluide de la couleur du fleuve s'imprégnait une nouvelle fois en elle. Prenant sa tonalité la plus grave, elle chanta :

— *C'est l'aviron…*

Les hommes avaient déjà bu pas mal de rhum. Ils ne demandaient qu'à rêver, eux aussi. Ils poursuivirent sa chanson et en attaquèrent d'autres, plus grasses ou plus rythmées.

La tête dans leurs rêveries, Julienne et les bûcherons franchissaient les obstacles, et les distances rétrécissaient...

Des bûcherons et des loups

Trois semaines plus tard, amaigrie et la poitrine en feu, Julienne était à l'ouvrage au camp de bûcherons. La remontée de la Saint-Maurice s'était effectuée péniblement. Aux Piles, ils avaient dû troquer leur charrette pour un traîneau et attendre la formation d'une glace plus dure sur la rivière. Et plus ils montaient vers le nord-ouest, plus le thermomètre descendait.

Arrivés à La Tuque, les deux plus jeunes gars étaient enrhumés, et Julienne aussi. Elle toussait à fendre l'âme durant la dernière étape jusqu'au chantier, en haut du village. Mais sa toux n'était rien en comparaison de sa déception quand, une fois arrivée à destination, elle n'y trouva pas son Ernest.

Dans un chantier plus à l'ouest, on manquait d'hommes, et le contremaître y avait envoyé Ernest avec trois autres, jusqu'à Noël. En apprenant cette nouvelle, Julienne avait cru s'écrouler. Des larmes intempestives avaient inondé ses joues.

— Qu'est-ce que t'as, le *cook*? avait grogné Alphonse,

le bûcheron. Tu connais même pas ces gars-là. Pis, dans cinq semaines, ils seront avec nous autres.

— C'est la fumée qui m'étouffe ! Vous voyez pas que j'ai la bronchite ?

— Faut que tu te soignes avec des *bines* arrosées de fort. Le docteur s'amène pas souvent, dans les pays d'en haut.

Julienne avait serré les dents et s'était empressée de déposer son bagage sur un lit, le long du mur. Parvenue si loin dans le pays, elle n'allait pas démissionner. Tournant le dos à ses compagnons, elle avala le reste de la tisane de Rosalie et sa dernière bouchée de gâteau au miel. Puis, d'un pied à peu près ferme, elle s'en alla examiner l'immense foyer et la cheminée trônant au centre de la pièce. D'énormes bûches s'y consumaient et, au-dessus, un gros chaudron était retenu par un crochet de fer. C'était donc dans cette sorte de cuisine, appelée la cambuse, qu'elle devrait s'activer tout l'hiver.

— Où serrez-vous le lard pis la farine ? demanda-t-elle. Il reste juste des *bines* en dedans.

— On voit ben que c'est ta première job, répondit sèchement le contremaître. Tout est serré dans la cache en arrière. T'es mieux de commencer à travailler, parce que nous autres on a faim ! V'là la clé pour le cadenas.

— C'est bon, dit-elle en attrapant la longue clé noire.

Elle releva son col, enfonça sa casquette et se dirigea vers la cache qui servait d'entrepôt.

Avant l'arrivée des bûcherons, des gars avaient construit les baraques du camp : logement pour les hommes, écurie, cache pour les provisions. Bâties en bois rond, les constructions laissaient pénétrer le froid, malgré la mousse qu'on tassait dans les fentes en guise de calfeutrage.

Julienne eut une grosse quinte de toux en entrant dans la cache glaciale. Elle s'empara d'un paquet de lard salé, d'un autre de pois secs et d'un sac contenant un reste de farine. Ainsi chargée, elle retourna dans le bâtiment principal d'où une fumée épaisse s'échappait par la cheminée.

Deux heures plus tard, la douzaine d'hommes étaient réunis autour d'une table de bois rugueux. Courbés sur leur plat de fer blanc, les bûcherons dévoraient leur repas en silence. Le ventre trop creux pour échanger une parole, ils raclaient leurs gamelles remplies de soupe et d'un peu de lard. Quand ils furent à peu près rassasiés, ils allumèrent une pipe et le contremaître annonça :

— Vissez ça dans vos têtes : c'est à cinq heures qu'on se lève. Les arbres à bûcher sont déjà marqués dans le bois. Demain, vous allez partir en deux équipes de cinq. Le *cook,* arrange-toi pour qu'on ait à manger de bonne heure.

Julienne avait à peine grignoté et se tenait près de la cambuse. Durant le discours du contremaître, elle avait toussé presque tout le temps. Lucien, le plus jeune des deux gars avec qui elle avait voyagé, s'approcha d'elle.

— Fais tremper ma poche de thé dans l'eau chaude. Est encore bonne, pis ça va t'aider.

Quelques minutes après, elle avalait son thé brûlant, réconfortée d'avoir trouvé un peu de chaleur humaine au travers de cette épreuve. Dans un sursaut d'énergie, elle rangea ses marmites et enfouit un pot de *bines* dans les braises avant de regagner son coin pour dormir. Le déjeuner serait prêt très tôt le lendemain.

Les bûcherons vivaient tous dans la même pièce qui servait de dortoir, de cuisine et de salle commune. Les gars ronflaient déjà quand Julienne se jeta sur sa couchette de bois dur recouverte de sapinage.

Autour du camp, les loups hurlaient. Leurs cris déchiraient la nuit dans une complainte sans fin. Jamais elle n'avait entendu pareilles lamentations. On aurait dit que la forêt regorgeait de bêtes féroces, prêtes à lacérer leurs proies. Une angoisse terrible saisit la nouvelle cuisinière. Tiendrait-elle le coup jusqu'à Noël ?

L'éclair amoureux

Au bout d'un mois, Julienne avait dépéri, mais elle restait à son poste sans défaillir. Sa toux avait cédé la place à une immense fatigue qui rendait son corps raide et douloureux. Ses traits étaient devenus plus fins et ses seins et ses hanches, dont elle était si fière, ne risquaient plus de la trahir. Après tant d'efforts déployés à cuisiner près du large foyer à feu ouvert, ses formes avaient fondu, ou tout comme.

C'était la moindre de ses préoccupations. Son unique souci était d'accomplir ses corvées jusqu'à Noël. Mentalement, elle comptait les jours.

Levée la première dès quatre heures, elle préparait le déjeuner, qui se prenait à la chandelle. Durant la journée, elle servait d'infirmier, de comptable, en plus de s'occuper du souper, servi tard dans la soirée. Le menu restait toujours le même : fèves au lard, soupe au pois, lard salé, galettes. Mais l'effort demeurait gigantesque, vu l'inconfort des lieux.

Son seul répit était le dimanche, quand les bûcherons

ne travaillaient pas. Le samedi soir, souvent, ils chantaient et buvaient comme des tonneaux pour contrer l'ennui et l'épuisement. Le lendemain, la journée s'écoulait lentement, au gré de chacun. Les hommes commençaient leurs activités par une messe improvisée, célébrée sans curé, puis dormaient ou jouaient aux cartes. Julienne en profitait pour enfiler des raquettes et aller respirer l'air frais.

Étant donné que personne ne se lavait ou si peu, les odeurs âcres ne manquaient pas à l'intérieur du camp. Les maladies de toutes sortes non plus. Julienne arrivait à survivre durant la semaine grâce à la perspective de son évasion du dimanche.

Elle se promenait autour du camp et rêvait à Ernest, à leurs retrouvailles bénies de Noël. Elle revoyait Rosalie, la femme aux tresses blanches. Plus elle réfléchissait, plus leur randonnée lui paraissait hors du commun : elle était bel et bien montée à bord d'un canot volant ! Comment, autrement, auraient-elles franchi une telle distance et avec si peu de fatigue ?

Le dernier dimanche avant Noël, tandis qu'elle rôdait entre les arbres sous une neige floconneuse, elle entendit des clochettes dans le bois. Elle se rapprocha du camp et vit arriver un traîneau avec à son bord deux gars élancés.

Les nouveaux venus conduisirent l'attelage à l'écurie et revinrent au camp principal à peu près en même temps que Julienne. Avec la neige, elle n'avait distingué que les silhouettes. Mais, au moment d'entrer dans le camp, elle se retrouva seule avec l'un d'eux. Le visage de l'homme l'éblouit comme un éclair.

— Ernest ! lâcha-t-elle en s'élançant vers lui.

— Veux-tu te calmer, le maigre !

— C'est moi, Ernest ! reprit-elle de sa voix normale.

Le bûcheron la repoussa avec une telle vigueur qu'elle tomba à la renverse dans la neige.

— C'est pas le temps de jouer à *la fifille,* lança-t-il. Je suis gelé, pis je meurs de faim.

Catastrophée, Julienne se releva lentement. Elle secoua la neige sur ses vêtements tandis que l'homme entrait, sans se retourner. Son amoureux ne l'avait pas reconnue ! Mais était-ce vraiment Ernest ? Ce gars rougeaud semblait pas mal plus mince que lui.

Déçue et inconsolable, elle ne pouvait se retenir de pleurer. Tout à coup, elle prit conscience de sa propre transformation : elle ne devait plus se ressembler du tout ! Après tant de privations et de corvées épuisantes, son corps avait aussi beaucoup changé. Comment pouvait-elle s'attendre à ce qu'Ernest la prît dans ses bras au premier coup d'œil ?

À pleines mains, Julienne épongea son visage avec de la neige fraîche pour effacer les traces de sa peine. Résolue à se dévoiler autrement à Ernest, elle pénétra à son tour dans le camp et s'en fut directement vers la cambuse.

Sur un air d'harmonica

Un feu crépitait dans le foyer. Julienne se réchauffa les mains, sans éveiller l'attention des hommes qui buvaient et entouraient les nouveaux venus. Ensuite, elle commença à cuire des galettes dans un poêlon, tout en prêtant une oreille attentive aux propos des bûcherons : des renforts étaient arrivés à l'autre camp, et deux des bûcherons prêtés avaient décidé de rejoindre au plus vite leur groupe d'origine.

Une dizaine de minutes plus tard, de son ton le plus masculin, Julienne annonçait une tournée spéciale de galettes de sarrasin pour ceux qui avaient faim.

Les hommes se bousculèrent autour de la cambuse pour profiter du « spécial » du *cook*.

Quand Ernest étira la main pour prendre sa part, elle déclara :

— Je sais pas si tu en mérites ! Tu m'as fait prendre toute une débarque ! J'avais bu du rhum, comme tout le monde. Ça donne des lubies.

— Excuse ! Je savais pas que t'étais important dans le

camp. Paraît que tu fais à manger comme un as ! T'es pas remplaçable, qu'on m'a dit.

— Rends-moi service et c'est O.K. pour toutes les galettes que tu veux.

— C'est quoi, ton service ? demanda Ernest d'un ton un peu moqueur.

— M'aider à sortir une grosse poche de farine de la cache.

— Quand tu voudras !

— Dans une demi-heure.

L'entente paraissait raisonnable aux bûcherons à qui Ernest avait vaguement raconté l'incident.

Il s'éloigna de la cambuse, et le rhum recommença à circuler. Un gars sortit son harmonica et un autre se mit à giguer. Le dimanche après-midi prit tout à coup des couleurs de samedi soir. Quelques bûcherons dansaient et mimaient des caresses sur des formes fantômes. D'autres tapaient dans leurs mains. Un petit groupe d'hommes chantaient en chœur.

Au bout de trente minutes, tout le monde s'épivardait. L'ennui s'était noyé dans l'alcool ou dilué dans les mots des chansons.

Comme convenu, Julienne se dirigea vers la cache avec Ernest qui la suivait, vaguement intrigué. Une question lui trottait dans la tête : comment ce freluquet de *cook* avait-il appris son nom, sans même l'avoir jamais rencontré ?

Julienne marchait vite et, aussitôt le cadenas ouvert et la porte de la cache refermée sur eux, elle alluma une chandelle et éclaira son propre visage. Troublé, Ernest balbutia :

— Comment tu… tu t'appelles ?

Pour toute réponse, elle plongea la main au creux de sa chemise et lui présenta la longue mèche de cheveux qu'elle dissimulait depuis son départ.

Ernest sursauta, puis ouvrit la veste de Julienne en faisant sauter deux boutons. Elle écarta complètement sa chemise : ses seins amaigris surgirent dans la lumière vacillante. Le garçon souffla brusquement la chandelle et saisit Julienne dans ses bras.

— Pardon, pardon, ma blonde d'amour ! gémissait-il à travers de gros sanglots. C'est pas croyable ! Comme dans mon rêve !

Dans l'obscurité complète, Julienne enfouissait son corps dans les bras de son amoureux, mêlant ses larmes aux siennes. Après plusieurs minutes, elle lui glissa à l'oreille :

— Viens dans l'écurie, on sera tranquilles et c'est plus chaud à cause des animaux.

Quelques instants après, Julienne et Ernest entremêlaient leur amour, roulés dans la paille.

— C'est déjà Noël, murmura Julienne au bout d'un long moment. T'es arrivé en surprise, avant le petit Jésus.

— Imagine que j'ai fait un rêve de fou la nuit passée :

tu venais me rejoindre aux chantiers dans un canot volant. Comme les gars de la chasse-galerie. Mais j'entendais juste des mots d'amour au lieu des sacres !

— C'est comme ça que je suis venue, à bord d'un canot magique. Sans pacte avec le diable, je le jure ! J'ai rencontré une femme aux tresses blanches. Elle croyait dur à l'amour. C'est fort…

— Tu me raconteras ça plus tard. Viens, ma Julienne, ma blonde à moi tout seul. Je veux t'embrasser trente-six mille fois. T'es mon été, ma flamme pour toujours…

Enlacés sur un tas de paille, les deux amoureux firent des projets extraordinaires en ce dimanche d'avant Noël. L'avenir leur appartenait. Au loin, un écho d'harmonica soutenait leurs désirs et leurs songes, tandis que les bûcherons du camp festoyaient à leur manière.

Jamais la femme aux tresses blanches ne reparut à Saint-Jean-Port-Joli. On la crut disparue à bord de son canot. Un chasseur qui pénétra dans sa cabane au temps de Noël n'y trouva qu'une couronne de cheveux couleur de chêne, suspendue au-dessus de la porte.

2

LA BELLE DE LA MI-CARÊME

Dernier soir de festivités

C'était fête à l'Isle-aux-Grues. Un délicieux vent de mystère et d'allégresse soufflait sur le village. Depuis plusieurs jours déjà, on célébrait la mi-carême. Les visites costumées, les gigues endiablées, les petits verres cueillis dans les cuisines avaient échauffé les esprits. Plus la dernière soirée approchait, plus les jeunes filles s'émoustillaient.

On allait enfin accueillir les « galonnés », des personnages masqués aux habits décorés de galons et de fanfreluches, certains chapeautés comme des évêques ! Parmi eux se trouveraient les plus beaux garçons du village.

Allait-on les reconnaître d'emblée ou réussiraient-ils à camoufler leur identité ? Surtout, choisiraient-ils des belles durant leur tournée des maisons ?

La vague de réjouissances faisait oublier le grand jeûne de quarante jours prescrit par l'Église. Tout un chacun avait besoin d'une trêve. Nous étions en 1895, et Daliah venait d'avoir seize ans. Comme tout le monde, elle entendait s'amuser ferme durant cette ultime veillée de la mi-carême.

Pour l'occasion, ses parents allaient réunir toute la parenté. Son jeune frère Victor avait déjà installé des bancs dans la salle commune. Quand les galonnés défileraient, Daliah trônerait au premier rang, avec les filles à marier. Ensemble, elles tenteraient de reconnaître les fêtards et de faire sauter les masques. Puis la musique entraînerait garçons et filles dans un tourbillon de danses et de sets carrés.

En secret, ses cousines espéraient trouver un amoureux parmi les joyeux lurons en goguette. Daliah s'en fichait éperdument. Elle n'avait en tête que de séduire le plus de garçons possible. Flamboyante blondinette aux yeux bleus, elle avait des courbes à faire loucher les plus réservés. Infidèle, elle voltigeait de l'un à l'autre en faisant croire à chacun qu'il était unique. On aurait dit qu'elle prenait un malin plaisir à allumer des feux, puis à les dissiper en étincelles brûlantes.

D'ailleurs, elle ne cachait pas ses intentions pour la soirée de la mi-carême. À la fin de l'après-midi de ce fameux jeudi, elle déclarait à la ronde :

— Vous allez voir, j'aurai une demi-douzaine de cavaliers accrochés à mes jupons ! Y en a pas un qui va me résister. Faire des façons, moi, je connais ça !

— Tu te vantes, mais t'en as pas un seul, de vrai amoureux, répliqua sa sœur Berthe, âgée de quatorze ans et demi, aussi brune et posée que l'autre était blonde et légère.

— Il vaut mieux jouer avec beaucoup de garçons qu'en attendre un pour le reste de ses jours !

Et Daliah remonta dans la chambre des filles d'un pied léger. Du haut de l'escalier, elle annonça à la maisonnée :

— Ce soir, je serai la plus belle de l'Isle-aux-Grues !

En réalité, une fois dans la chambre, elle se jeta sur le lit en pleurant toutes les larmes de son corps. La fanfaronne avait réellement aimé un garçon. Il s'appelait Joachim. C'était le cousin de Gus, un gars des alentours. Il avait été engagé au printemps par le père de ce dernier pour aider aux travaux de la ferme.

Mais, l'automne arrivé, il était parti sans lui faire de promesse ni même prendre congé d'elle. Et Gus, le fils du cultivateur, un être jaloux et fourbe, avait disparu en même temps. Depuis, on ne les avait plus revus.

Des rumeurs circulaient à leur propos. Ce qui revenait le plus souvent, c'est qu'ils couraient la galipote ensemble.

Daliah n'avait manifesté aucun chagrin et s'était emmurée en elle-même. Jamais plus je ne succomberai à l'amour ! s'était-elle promis.

Quand elle redescendit, bien malin qui aurait pu détecter sa peine. Poudrée et parfumée, elle affichait des airs de princesse. Vêtue d'une robe grise froufroutante garnie de larges manches de dentelle, elle planait presque au-dessus des autres jeunes filles.

Sa petite sœur Lulu n'en avait que pour les manches de sa robe.

— Daliah a l'air d'une chauve-souris ! chantonnait-elle. Daliah a l'air d'une…

— … d'une chauve-souris qui attrape tous les hommes ! poursuivit la volage sans perdre son aplomb. On s'en reparlera.

— Dévergondée ! éclata Berthe dans un accès de jalousie.

Des notes de violon parvinrent à leurs oreilles. Daliah se précipita à la fenêtre. C'était déjà la brunante. Le soleil s'éteignait sur les glaces. Ses rayons diffus projetaient des serpentins multicolores dans les nuages au-dessus du fleuve.

Un instant captivée par les couleurs de la fin du jour, la jeune séductrice ouvrit des yeux rêveurs. Des souvenirs tendres remontaient à sa mémoire : Joachim. Qu'était-il devenu ?

Dans l'ombre du crépuscule, il lui semblait distinguer le profil de son amoureux. Ce n'était qu'une illusion. Seul un renard curieux rôdait près de la rive.

Soudain, la musique la ramena à la fête. Elle essuya furtivement une larme. Les sons venaient de la maison voisine. Daliah se pencha de ce côté : une bande d'individus aux costumes bariolés en ressortaient, chantant, dansant, ou jouant du violon.

— Les Mi-carême arrivent ! lança-t-elle.

Les filles aux toilettes empesées coururent vers les bancs disposés en rangées, suivies de la maisonnée entière. Grand-père, grand-mère, tantes, enfants et chien, tous étaient sur le qui-vive.

Une minute après, des coups retentirent à la porte. La mère s'empressa d'aller ouvrir. Dans un éclat de rire, un gaillard demanda :

— Prendrez-vous un p'tit coup avec des fêteux galonnés, frottés, pis astiqués ?

Le fabuleux danseur

— Mais entrez donc ! lança la maîtresse de maison d'une voix chaleureuse. Vous êtes les premiers !

Les Mi-carême ne se firent pas prier. Cinq personnages costumés envahirent la salle qui sentait bon les crêpes et les galettes.

En défilant devant les demoiselles et la parenté, certains faisaient semblant de boiter, d'autres sautillaient, plusieurs turlutaient des airs bizarres. Chacun tentait de camoufler au mieux son identité. Tout le monde se connaissait dans l'île, et les gars, même porteurs de masques ou le ventre gonflé d'un oreiller, avaient du mal à déjouer leurs hôtes.

Un galonné énorme, déguisé en évêque, se mit à tousser.

— Mon oncle Alcide ! s'exclama une fillette bouclée. Je savais bien que c'était toi, dans le plus gros costume !

— Cré Lulu ! tonna l'homme qui enleva sa fausse mitre et son masque.

— Tu fumes trop, pis tu manges trop, Alcide, dit le grand-père en riant. C'est de ta faute !

Affectant un air piteux, l'oncle se dépêcha d'aller se ravitailler dans la cuisine.

— Julien le violoneux ! lança tout de suite après une tante âgée. C'est toi, à gauche. Même si tu prêtes ton violon à ton voisin, je reconnais ta mine de porc-épic. Pis tu penches la tête toujours du même bord !

Le musicien, vêtu d'un ancien habit de noces décoré de pièces de monnaie, ôta son masque et salua la compagnie. Il reprit son violon et joua un reel endiablé de sa composition. Les invités trinquèrent à la santé des hôtes et les pieds commencèrent à taper le plancher.

D'autres coups retentirent à la porte. C'était un nouveau groupe de joyeux lurons déguisés, visiblement beaucoup plus jeunes. Les filles tournèrent la tête vers les nouveaux arrivants, les yeux et le cœur allumés.

Au fond de la cuisine, le chien Poudreux aboyait et grondait sans arrêt, irrité par on ne sait quoi.

— Enfermez-le ! supplia une cousine. Il va leur gruger les os !

— Peut-être qu'il a ses raisons, dit la grand-mère qui se berçait dans un coin. Des fois les chiens flairent…

— Mémère ! Laissez faire les racontars, coupa Victor, le fils de la maison. Poudreux s'excite souvent quand y a trop de monde.

Il sortit en tenant le chien fermement par le collet.

D'une main énergique, il le conduisit dans la grange. L'animal obéissait à son maître, mais continuait à gronder comme si une tempête épouvantable s'annonçait.

— Ferme-la! grogna Victor en sortant. Je viendrai te chercher plus tard.

— Grrr…grrr…, continua Poudreux.

Un peu inquiet, le garçon brandit sa lanterne. En ce soir de février, il faisait un froid tranchant. Dans le ciel, rien ne bougeait, hormis quelques étoiles filantes. Les plaques de glace miroitaient sur le fleuve, éclairées par la lune. Tout semblait tranquille, mais à peu de distance Victor aperçut un renard roux qui grattait la neige. Il s'étonna.

Que faisait cet animal hors de son terrier par un temps pareil? Avec ses oreilles dressées, on aurait dit qu'il attendait quelqu'un. Ou peut-être avait-il envie de fêter la mi-carême, lui aussi!

Victor chassa de son esprit ces idées saugrenues et entreprit d'effrayer la bête:

— Sauve-toi, espèce d'*écornifleux*! Tu vas geler jusqu'au trognon!

Le renard détala et Victor rentra chez lui. Une fois replongé dans l'ambiance de la fête, il oublia cette rencontre insolite.

Pendant ce temps, d'autres fêtards avaient franchi gaiement le seuil de la maison. Les soirs de mi-carême, c'était l'endroit le plus populaire du village. Les garçons savaient qu'on y trouvait le plus grand nombre de jolies filles. Ils avaient hâte de les faire danser et de leur conter fleurette. Même s'ils étaient démasqués, tant pis, les gars collaient au plancher de danse pour le reste de la soirée !

Au son du violon, la troupe complète des jeunes compères masqués défila dans la salle. L'un deux intrigua d'emblée toutes les belles.

Grand, mince et recouvert d'une fourrure aux poils soyeux, il giguait à la perfection. Son allure tranchait nettement sur celle des autres, costumés au hasard des habits et des rubans trouvés dans les greniers. Était-il bien du village ou venait-il d'ailleurs ?

Daliah ne cessait de secouer sa chevelure dorée pour attirer son attention. Les lèvres aguichantes, les joues couleur de pêche bien mûre, elle lui souriait tout le temps. Elle poussait même des soupirs langoureux à son intention.

Voyant agir sa sœur aînée, Berthe se pinçait les lèvres. « Effrontée », pensait-elle encore, en rageant de dépit. Certaine que le beau Mi-carême finirait par se laisser prendre dans les filets de Daliah, elle souffrait en silence.

Étrangement, la présence de ce garçon oppressait Berthe en même temps qu'elle l'enivrait. Frémissante sous son corsage de velours bleu, elle était incapable de se manifester à lui. Elle se sentait prise dans une sorte d'étau. Son malaise grandissait de minute en minute. Jamais un Mi-carême ne l'avait impressionnée à ce point.

Qui pouvait bien se cacher sous cette fourrure ?

Un ruine-patience

N'y tenant plus, les cousines finirent par lancer des noms à la volée. Bientôt la moitié des gars étaient identifiés et avaient relevé leur masque.

Quelques instants plus tard, ils faisaient tourbillonner les belles sur la piste de danse.

Pour tromper son impatience, Daliah se jeta dans la mêlée. Elle reconnut sans effort quatre autres Mi-carême qui se disputèrent ensuite ses faveurs.

Durant ce temps, l'inconnu à la peau de fourrure n'avait cessé de giguer. Il répondait par des signes de tête négatifs aux noms qu'on lui prêtait et semblait s'amuser follement à mystifier les jeunes filles.

En passant d'un bras à l'autre, la blonde Daliah bouillait d'envie de conquérir le danseur solitaire. Elle ne le quittait pas du regard. Si ses yeux avaient contenu les flèches de Cupidon, elle les lui aurait toutes lancées !

L'étrange personnage s'obstinait à garder le visage masqué. Il dansait sans fatigue ni essoufflement, comme s'il flottait au-dessus du plancher. Mais ses pieds tou-

chaient bel et bien le sol, si l'on se fiait au bruit rythmé de
ses bottes noires.

Rivée à son siège, Berthe réussit tout d'un coup à sortir de sa torpeur. Elle risqua un nom :

— Tu t'appelles Arthur !

L'autre nia d'une simple torsion du cou. Les filles
reprirent le jeu, et d'autres prénoms fusèrent. Sans plus de
résultat.

— Déclare-toi donc ! insistait le grand-père de loin.
Tu fais souffrir les créatures. C'est pas comme ça qu'on les
gagne. Prends ma parole, j'ai de l'expérience !

Le Mi-carême entêté ne cédait toujours pas. Il sortit
un harmonica de sa poche et commença à jouer.

Julien le violoneux en profita pour aller faire un tour
du côté de la cuisine. Dans ces parages, les fêtards ne
cherchaient pas à démêler des intrigues. L'estomac garni,
le gosier bien arrosé, les plus vieux causaient, riaient et se
racontaient des histoires.

Sur le plancher ciré de la salle, l'excitation continuait
de régner. L'inconnu exécutait à merveille des ritournelles
rythmées, propres à dégourdir les jambes les plus raides !
Aussi habile du pied que de l'harmonica, il battait la
mesure avec un entrain du tonnerre.

La danse avait repris, et les questions cessèrent pour
de bon. Seules les deux grandes filles de la maison se pré-
occupaient encore du joueur de ruine-babines.

Entre les rigaudons et les sets carrés, Daliah s'appliquait à venir frôler de ses larges manches le bel intrigant. Elle s'enhardissait à lui susurrer des mots doux avec des sourires de miel. Mais le mystérieux fêtard poursuivait ses mélodies, sans lui accorder la faveur d'une réponse.

Au fond d'elle-même, la belle des belles fulminait. Comment ce garçon-là pouvait-il lui résister si long-temps ? Pourquoi n'arrivait-elle pas à l'enjôler comme les autres ?

De son côté, Berthe n'avait pas bougé de son banc. Envoûtée plus que jamais par le séduisant musicien, elle suivait ses moindres gestes. Figée comme une statue, elle appréhendait déjà le départ du beau gars. Allait-il repar-tir sans révéler son secret ?

La petite espionne

Dans un coin obscur, Lulu avait échappé à la surveillance des grands. Elle s'était endormie par terre sur des coussins. Plus tard, elle s'éveilla avec un gros creux à l'estomac.

Elle se faufila entre les danseurs afin de gagner au plus vite la table de cuisine et ses douceurs. Tout à coup, elle se mit à crier et à pleurer à chaudes larmes.

Berthe sursauta et courut consoler Lulu. Elle la prit dans ses bras pour l'apaiser, puis la conduisit en haut dans la chambre des filles.

— Ça fait longtemps que tu devrais dormir dans ton lit, lui dit-elle en l'aidant à se dévêtir.

— J'ai, j'ai vu… c'est épouvantable ! hoquetait la petite en larmes.

— Tu rêvais, Lulu. Enfile ta jaquette !

— Non ! Écoute, y avait du vrai poil de bête.

— Où ça ?

Entre deux gros sanglots, Lulu raconta qu'elle s'était traînée sur les genoux pour sortir de la salle sans se faire remarquer. En passant près du Mi-carême à peau de fourrure, elle avait aperçu une déchirure à l'arrière de son pantalon. Par le trou, on pouvait voir une fourrure épaisse sur sa jambe !

— Du côté de la botte qui ta… tapait par terre, sanglotait l'enfant.

— Pas possible ! s'exclama Berthe. Tu as mal vu.

— Non, non, c'est un loup ! Un vrai de vrai. Pas juste un déguisement !

— Tu sais bien que ça n'a aucun sens ! Arrête de t'en faire, je vais aller voir ça. Et reste bien au chaud.

Berthe installa Lulu au creux du lit et lui couvrit les joues de gros becs tièdes. La fillette s'endormit aussitôt, consolée sinon rassurée. Sa sœur sortit sur la pointe des pieds.

Du haut de l'escalier, Berthe contempla la fête. Jeunes et vieux dansaient, chantaient et trinquaient de plus belle. Le ton des voix montait, et les filles tournaient de plus en plus vite. L'ambiance était survoltée. Tous profitaient au maximum de ces dernières heures de bombance avant le retour du carême à minuit.

En pensant à l'affolement de sa petite sœur, Berthe haussa les épaules : elle ne croyait pas un mot de ce qu'elle lui avait dit. Avant de descendre, elle lorgna quand même la partie arrière du costume du musicien à fourrure. Ce qu'elle vit lui glaça le sang : par une fente dans le tissu du bas du pantalon, de longs poils de bête sortaient !

De loin, le personnage n'avait plus aucune emprise

sur elle, et les pensées de Berthe trottaient dans sa tête. Que signifiait ce phénomène ? Le joueur d'harmonica était-il vraiment un humain ? Et si c'était un loup-garou ? se demanda-t-elle, paniquée.

Tout le monde sait que les loups-garous sont des instruments du diable. Des hommes métamorphosés en bêtes pour accomplir le mal. Des êtres terriblement dangereux.

Que mijotait celui-ci un soir de mi-carême, et dans leur maison familiale en plus ?

Métamorphoses

Berthe jeta un autre coup d'œil en bas et vit Daliah s'approcher encore du musicien. À l'instant, elle comprit que sa sœur courait un grave danger. Tant pis pour leur rivalité, elle devait la sauver !

À toute allure, elle dévala l'escalier et courut dans la cuisine.

Comme d'autres, elle avait entendu dire que si l'on arrivait à faire couler le sang de la bête de manière à former une croix, elle s'effondrait. Galvanisée par cette idée, Berthe saisit un grand couteau dans le tiroir aux ustensiles.

Sans rien dire à qui que ce soit, de peur d'alerter le loup-garou, Berthe repartit avec son arme vers la grande salle. Mais son père l'avait aperçue et la rattrapa sur le seuil.

— Où vas-tu avec ça, ma fille ?

— Trancher un gros nœud.

— Quel nœud ? Tu pourrais prendre un plus petit couteau. C'est pour le travail de boucherie, celui-là.

— Vous énervez pas ! J'en ai besoin. Faites-moi confiance !

— Attention…

Et la timide Berthe s'éclipsa avec son couteau de boucherie. Elle se rapprocha par derrière du joueur d'harmonica.

Au même moment, Daliah s'enhardissait à toucher l'un des genoux du bel inconnu de la paume de sa main.

— As-tu peur de nous, le beau poilu ? lui demandait-elle sur un ton taquin.

Une odeur de soufre envahit soudain la maison et une manche de la robe de la belle se changea en aile de chauve-souris ! Un instant après, la deuxième manche de dentelle grise se transformait aussi en une aile sombre.

Horreur ! Daliah était en train de devenir une vraie chauve-souris, sous le regard atterré des invités et des gens de la maison ! Saisis d'effroi, ils étaient tous paralysés, incapables de bouger le petit doigt.

Un pouvoir magique, puissant et malin, opérait dans la maison. Au loin, le chien Poudreux hurlait toujours.

Mais Berthe avait déjà levé le bras. De toutes ses forces, la courageuse jeune fille planta deux fois la pointe du couteau à travers une manche de l'inconnu en dessinant une croix. Deux traînées de sang coulèrent en se croisant sur le plancher.

Dans un éclair fulgurant apparut un vrai corps de loup avec les traits de Gus, le fils disparu du cultivateur

voisin. Les formes s'anéantirent aussitôt et la bête mons-
trueuse s'évanouit. Ne restait sur le sol que le costume de
mi-carême !

La belle Daliah, transformée en chauve-souris, était
sur le point de s'envoler quand sa sœur avait attaqué le
loup-garou. Elle glissa par terre dans un froissement
d'étoffe, revenue à sa forme humaine mais complètement
éberluée.

La grand-mère, dans sa berçante juste à côté, était
blême comme un cierge. La vieille femme murmurait :

— Je savais bien que ces choses-là pouvaient arriver…

Durant la métamorphose du Mi-carême, Daliah
avait reconnu les traits de Gus, le mauvais compagnon de
son amoureux.

Elle s'écria, la main sur le cœur :

— Joachim ! Où es-tu ? Je te jure que j'aime rien que
toi !

Le reel du loup-garou

Un grattement à la porte se fit entendre à cet instant. Victor s'élança et ouvrit avec précaution, encore secoué par les événements. Personne ! Aucun personnage douteux, mais le renard aperçu plus tôt dans la soirée.

Une fois la porte ouverte, le petit animal roux s'avança vers le garçon.

— Veux-tu t'en aller, effronté ! On a eu assez de visite étrange à soir !

Le renard ne semblait ni apeuré ni pressé de déguerpir. Il se posta sur le perron en faisant cligner ses petits yeux brillants.

— Débarrasse ! Compris ? reprit Victor, qui leva le pied vers l'animal.

Le renard recula de quelques centimètres, pas du tout intimidé.

— Attends un peu que j'aille chercher Poudreux, toi !

Mais, dans la grange, le chien s'était calmé. On n'entendait ni grondement ni hurlement. La présence du renard autour de la maison ne semblait pas le déranger.

Victor pensa qu'il s'était trop énervé. Sans plus se préoccuper de la petite bête, il décida d'aller délivrer son gros Poudreux et courut vers l'arrière de la maison. Dans sa hâte, il oublia de refermer la porte.

Un filet de lumière éclaira la neige. C'était suffisant pour que le renard se coule dans l'ouverture et fasse son apparition dans la salle !

Invités et hôtes prenaient un verre de plus pour se remettre de leurs émotions. Ils discutaient passionnément. Les vieux racontaient tout plein d'histoires anciennes de loups-garous et de lutins maléfiques. Les belles se rapprochaient des garçons pour se faire réconforter. Berthe, resplendissante de fierté, bavardait avec un garçon déluré, ébloui par son intervention.

Seule Daliah restait silencieuse. Soudain, elle aperçut le renard roux qui s'avançait dans la salle. On aurait dit qu'il se dirigeait vers elle. Dans son ombre, elle crut voir de nouveau le profil de son ancien amoureux.

— C'est lui ! cria-t-elle. C'est Joachim !

Ses parents crurent qu'elle délirait. Les invités, eux, sans oser le dire, étaient tous convaincus que la belle Daliah avait perdu l'esprit.

Au moment où sa mère arrivait avec le balai, décidée à chasser la bête, Daliah courut vers le renard et lui flatta la tête avec vigueur. Elle y mettait tant d'énergie que ses ongles s'enfoncèrent dans son pelage. Deux gouttes de sang tombèrent sur le plancher où elles s'aplatirent en se croisant. L'animal poussa un cri rauque et, à la stupéfaction de tous, se transforma en un solide gaillard aux cheveux roux !

— Joachim ! fit Daliah. C'était toi. Je le savais bien !

— Pardon, mon amour ! s'écria Joachim. Gus m'avait entraîné en ville à la pointe de son fusil. J'étais sous son emprise. J'ai rôdé longtemps comme une bête sauvage. Toi seule pouvais me sauver.

Les joues envahies par les larmes, à genoux devant sa douce, le garçon n'en finissait plus de demander pardon.

— Comme ça, y avaient vraiment couru la galipote, les deux morveux ! s'écria le grand-père en lançant un clin d'œil à l'assemblée. Nos filles les ont délivrés du Malin.

— Écoutez, tout le monde, proposa le violoneux. Je m'en vais vous jouer un dernier morceau de mon invention : le reel du loup-garou !

— *Swigne la baquèse !* enchaîna l'oncle Alcide. En place pour la dernière danse avant minuit !

3

L'EMPOISONNEUSE

Frissons d'automne

Par un soir de fin septembre, un vent glacial soufflait, sifflait, en s'engouffrant sous les portes des maisons du village de Saint-Jean, dans l'île d'Orléans. Juché sur sa charrette, Firmin Gagnon rentrait chez lui, insensible au mauvais temps. Il ressassait dans sa tête les histoires du fleuve que lui et son vieil ami le capitaine Noël s'étaient racontées en vidant une bouteille de rhum.

La charrette longeait l'église et le cimetière quand une violente bourrasque faillit jeter le cocher par terre. Firmin se rétablit de justesse et gronda son cheval d'une voix pâteuse :

— Garnotte ! Pas si vite ! Il fait trop mauvais pour courser.

D'une main, il se frotta le dos, abîmé autrefois par une mauvaise chute dans les rochers. Il y avait belle lurette que l'ancien marin, incapable de se tenir droit, ne prenait plus le large. Dans le village, on le surnommait Firmin-la-Bosse. Les gens avaient oublié le matelot intrépide qu'il avait été. Avec le capitaine Noël, il en avait franchi, des rapides et des remous dans le fleuve ! Jusqu'à l'événement abominable dont il n'avait jamais voulu parler à personne.

— Veux-tu te grouiller ? cria-t-il à son cheval qui venait de s'arrêter, les naseaux frémissants. Je veux pas coucher à côté des tombes à soir !

Malgré un coup de fouet énergique, la bête se rangea le long du cimetière, l'écume à la bouche. Firmin tourna la tête du côté des monuments. Des lumières clignotantes aux reflets bizarres virevoltaient dans une rangée proche de lui. Il marmonna :

— La paix, bande de mouches à feu ! J'ai pas besoin d'éclairage.

L'une des apparitions lumineuses vola vers lui. Elle n'avait franchement rien d'une luciole. C'était une sorte de langue de feu rouge qui effectuait des zigzags inquiétants. Épouvanté, Firmin lâcha d'une voix sourde :

— Un feu follet ! Sacre ton camp, mauvais esprit !

Son défunt père lui avait déjà parlé de ces malins personnages lumineux qui rôdaient parfois quand l'obscurité tombait. Des malheurs effroyables frappaient les équipages qu'ils tourmentaient. On retrouvait les victimes dans les fossés ou, pire, enfoncées dans les marécages. Pour contrer les maléfices des feux follets, il fallait, paraît-il, les attirer avec des objets de métal. À leur contact, la flamme s'éteignait.

Firmin descendit de sa charrette et commença à

fouiller ses poches à la recherche de pinces ou de clés, mais il s'arrêta net, comme foudroyé. Il venait de reconnaître une femme dans cette forme brillante ! Une femme morte depuis douze ans.

— L'empoisonneuse ! hurla-t-il.

— Tu sais bien que c'est faux ! Le poison, c'est quelqu'un d'autre qui l'avait répandu. Pis tu vas me le prouver !

— Cora ! Laisse les vivants tranquilles !

Firmin frissonnait. Devant ses yeux, des scènes du passé défilaient, aussi réelles que si elles se produisaient dans le présent. Si bien qu'il se retrouva au milieu d'événements qu'il pensait oubliés depuis longtemps.

La Mouette

Cora Pépin régnait comme une princesse dans son restaurant situé au bord de l'eau. On l'appelait « la Mouette », du nom de son établissement. Aguichante, elle l'était, la belle veuve du village de Saint-Jean ! Sous ses atours froufroutants, elle cachait à merveille sa quarantaine et servait les clients avec empressement. Dans toutes les paroisses de l'île d'Orléans, on vantait son charme, ses talents culinaires et sa vivacité d'esprit.

Les capitaines de goélette, les simples marins et les pêcheurs venaient s'attabler chez elle aussi souvent qu'ils le pouvaient. La Mouette sondait les cœurs en même temps qu'elle servait ses tourtières et autres plats délectables. Elle connaissait les méandres amoureux de chacun, peines et chagrins autant que succès et conquêtes. Toujours souriante, elle faisait rêver les habitués, mais n'en fréquentait aucun.

On lui prêtait une enfance malheureuse, marquée par la mort prématurée de ses parents. Une grand-mère l'avait élevée sévèrement et, dès l'âge de quinze ans, la jolie brunette convola en justes noces avec un marin, qui disparut en mer peu de temps après. Cinq ans plus tard, elle épousa un cultivateur, décédé lui aussi, moins d'une année après leur union. Lorsqu'elle atteignit la mi-trentaine, un commerçant plus âgé qu'elle la demanda en mariage, et encore une fois le mauvais sort s'acharna sur le couple : l'homme rendit l'âme brusquement trois mois plus tard. Par la suite, Cora refusa tout engagement matrimonial. Elle trouva son bonheur en recevant les gens dans sa maisonnette transformée en conviviale salle à dîner.

Firmin Gagnon avait grandi à deux pas de chez la grand-mère de Cora. Il avait vu Cora sortir de son cocon de petite fille et se métamorphoser en demoiselle. Depuis au moins l'âge de onze ans, Firmin était amoureux d'elle. Son teint légèrement basané, ses longues jambes parfaite-ment galbées lui faisaient tourner la tête. Elle avait une façon coquine de porter un chapeau à fleurs au-dessus de ses tresses qui l'ensorcelait. Il rêvait de la promener à bord d'un voilier pour un voyage sans fin. D'un an son aîné, Firmin était malheureusement petit de taille. À quatorze ans, même avec ses plus hautes bottes, il ne dépassait pas Cora, qui le regardait d'un œil méprisant.

— Cours toujours, mon Finfin, lançait-elle, ta petite personne m'intéresse pas !

— Tu changeras ben d'idée un jour, répliquait-il. Je deviendrai capitaine !

Le jeune Firmin s'était embarqué sur une goélette, puis sur d'autres bateaux qui sillonnaient le Saint-Laurent. Il avait côtoyé de fameux pilotes et était devenu un habile marin. Mais de voilier, jamais il n'en avait possédé ; il était incapable de se lancer dans une véritable aventure. Durant plusieurs années, il avait navigué de Québec à Gaspé avec le capitaine Noël, laissant à ce dernier les initiatives importantes. « Second violon jusqu'au bout ! » gémissait-il alors, quand il pensait à ses ambitions de jeunesse.

Son état d'esprit changea subitement le jour où Cora installa l'enseigne « La Mouette » au-dessus de sa porte. Il s'enhardit à bord de la goélette, exécuta des manœuvres périlleuses, devint responsable des marchandises à charger et à décharger sur les quais. Surtout, Firmin reprit espoir en son pouvoir de séduction.

Entre deux expéditions, le marin fréquentait fidèlement le restaurant de la belle veuve. Mais, que diable, il n'était pas seul !

En ce milieu du XIXe siècle, le village de Saint-Jean fourmillait de gens de mer. C'était la capitale de l'île, en quelque sorte. Quantité de pilotes y résidaient, et une effervescence constante régnait sur ses rives. Certains midis, Firmin devait faire la queue pour trouver une place à La Mouette. N'importe, il s'y rendait assidûment et ne manquait pas de s'y vanter.

— Te v'là encore, Firmin ! s'écriait l'hôtesse avec un

sourire légèrement moqueur. J'espère que t'en as long à me conter. Tu sais que j'aime les histoires.

Et notre homme de raconter ses derniers exploits dans les tempêtes et les grosses marées. Autour de lui, les convives gloussaient et en rajoutaient sur leurs propres expériences. Entre les services, chacun tentait de gagner l'admiration de la veuve affriolante.

Cora avait des mots aimables pour tous, les écoutait d'une oreille, puis, dans un tourbillon de jupe, elle s'échappait vers sa cuisine, laissant flotter un parfum qui n'avait rien à voir avec ses préparations culinaires. Les hommes sifflaient, essayaient de la retenir au passage, enjôlés par son charme. La Mouette savait leur échapper et ne tolérait aucun geste osé.

Leur note réglée, les gens de mer étaient bien obligés de rentrer chez eux. Aussi morfondu que les autres, Firmin quittait les lieux en se promettant chaque fois de revenir tenter sa chance.

L'adversaire

Les années passaient et le commerce de Cora Pépin était devenu si florissant qu'elle avait dû faire agrandir sa maison. Sa réputation d'hôtesse dépassait l'île d'Orléans. En ces temps où l'île n'avait pas de pont pour la relier à Québec, des hommes étaient prêts à s'aventurer dans des embarcations précaires pour venir goûter aux spécialités de La Mouette. Firmin avait de plus en plus de concurrents. Certain d'être le conteur le plus apprécié de la célèbre veuve, il ne s'en souciait pas trop.

Jusqu'au jour où survint un pilote à l'accent chantant, qui savait mieux que personne raconter des histoires de mer. L'aventurier moustachu, mince et haut de taille, avait navigué jusque sous les tropiques. Il apportait son propre rhum à table et le buvait d'un trait. En cinq bouchées, il avalait son plat de saucisses grillées. Puis il se lançait dans des récits interminables, si captivants que les convives en oubliaient de soulever leur fourchette. Les soirées se prolongeaient, et l'alcool circulait longtemps après que les derniers plats avaient été nettoyés.

Bientôt le bruit courut que, tard dans la nuit, la Mouette continuait d'écouter le séduisant navigateur… la tête sur un oreiller de plumes.

Firmin apprit la nouvelle par un printemps capricieux, de retour d'une expédition au cours de laquelle la goélette du capitaine s'était échouée contre un rocher. Une bonne partie du chargement avait été perdu en mer, et l'équipage avait lutté sans relâche pour survivre en attendant les secours. Les réparations du bateau avarié avaient duré plus d'une semaine à Gaspé, prolongeant d'autant le voyage.

Une fois débarqué dans l'île, Firmin se hâta d'aller chercher du réconfort auprès de la Mouette. Il trouva Cora Pépin plus belle que jamais, le pied alerte et le cabaret soulevé bien haut pour servir ses nombreux clients. Mais le nouveau venu à moustache détourna l'attention de la belle. Firmin s'assit à une table, mystifié.

Le pilote était lancé dans une histoire où évoluaient d'effroyables pirates des Caraïbes. Il se mettait lui-même avantageusement en scène dans son récit. Les hommes présents étaient attirés vers lui comme par un aimant. Tous se délectaient de ses paroles et ne le lâchaient pas des yeux.

Devant cette force d'attraction, Firmin était impuissant. Il se sentait hors jeu, incapable de placer un mot. Agacé, il se mit à frapper le plancher avec ses bottes. Son voisin lui chuchota :

— Arrête de bûcher ! Rien lui fait peur, à ce gars-là. Pis depuis qu'il a commencé à venir, la Mouette écoute juste lui. Même pendant la nuit !

Firmin observa Cora qui circulait parmi les convives. Il la surprit en train de décocher une œillade enflammée au beau pilote. C'en était assez. Il avait compris et, sans attendre le service attentif ou les aimables paroles qu'il était venu chercher, il sortit de la salle à manger.

Jaloux jusqu'à la moelle des os, Firmin marcha long-temps le long du fleuve dans l'air glacé. La colère lui rongeait le cerveau et l'empêchait de penser. Complètement gelé, il rentra chez lui et se coucha, grelottant de fièvre.

Ce n'est qu'après plusieurs jours qu'il se ressaisit et conçut un plan diabolique pour se débarrasser de l'irré-sistible conteur.

Le noir projet

Notre amoureux jaloux avait du temps. Le capitaine Noël n'appareillait pas avant une dizaine de jours. Depuis qu'elle s'était échouée, sa goélette tanguait sans arrêt et il voulait la réparer lui-même. Fier de son embarcation, il désirait la remettre dans le parfait état où elle était avant son accident dans le bas du fleuve.

À peu près libre de son temps, Firmin en profita pour rôder autour du restaurant de Cora quand le pilote à moustache s'y trouvait. Il évitait d'y entrer et l'épiait par une fenêtre.

Un jour, il remarqua que son rival était le seul à manger des saucisses, les autres clients préférant les ragoûts, pâtés ou tourtières. Si bien que la Mouette commençait à préparer le plat favori de son ami de cœur dès qu'il entrait. Ensuite, elle retournait servir les autres clients. Firmin était soulagé. Il savait à présent comment mettre son plan à exécution.

— Ton plaisir achève, maudit orgueilleux, ruminait-il, t'auras même plus envie de mettre un pied chez Cora. À mon retour de voyage, le terrain sera libre.

Firmin commença à aider le capitaine de manière assidue, afin de hâter les réparations. La veille de leur départ, il s'en fut chercher dans une vieille armoire de la cave une fiole héritée de son père, lequel la tenait d'un oncle, sorte d'apothicaire réputé pour ses remèdes énergiques. Une étiquette collée sur la petite bouteille portait la mention : « Mort aux rats ». Dans la famille, on chuchotait que l'oncle l'avait utilisée pour abréger ses jours après un accident qui l'avait laissé impotent. Mais personne n'en était certain. Officiellement, le mélange n'avait servi qu'à une occasion pour éliminer la vermine chez les parents de Firmin.

À la fin de l'après-midi, Firmin se posta à l'extérieur du restaurant de la Mouette, dans un coin discret. Le chapeau enfoncé jusqu'aux oreilles, la fiole dans une poche de son coupe-vent, le malin attendit sous la pluie. Il surveillait les clients attentivement.

Quand il vit entrer le moustachu, vêtu d'un imperméable très ample, Firmin courut derrière la maison. Le terrain était plutôt à pic et rocailleux, mais il ne s'en souciait guère. D'un saut, il serait à l'intérieur, car la cuisinière avait laissé la fenêtre largement ouverte afin de ventiler la pièce. La Mouette sortie de la cuisine, il n'aurait qu'à verser quelques gouttes de l'élixir du diable sur les saucisses, et le tour serait joué.

Dès l'arrivée de son fameux client, Cora avait mis son repas à cuire dans un poêlon. Elle s'en alla ensuite servir des commandes aux tables. C'était le moment qu'attendait Firmin. Il enjamba le rebord de la fenêtre, s'approcha des saucisses fumantes et sortit la fiole. Mais le bouchon refusait de tourner. Impatienté, il saisit un canif dans une autre de ses poches, trancha la vieille étiquette et réussit à ouvrir la bouteille. Soudain, les pas de la cuisinière retentirent dans le couloir et il versa en catastrophe sur les saucisses un filet de liquide bien plus long que prévu. Il reboucha aussitôt la fiole et se précipita derrière un garde-manger.

La Mouette entrait déjà, la tête haute, le corsage piqué d'un trèfle à quatre feuilles. Vivement, elle déposa les saucisses dans une assiette, ajouta des légumes et repartit en chantant vers la salle à dîner. C'est alors que Firmin aperçut son vieux canif jaune oublié sur le comptoir. Cora l'avait-elle vu ? En proie à une inquiétude sans nom, la sueur au front, il bondit pour le reprendre, puis s'élança par la fenêtre. Le malheureux glissa sur les roches mouillées et dégringola sur une pierre anguleuse qui lui démolit le dos. Incapable de se relever et souffrant le martyre, il attendit la nuit noire pour rentrer chez lui en se traînant.

Le lendemain, Firmin fut incapable de s'embarquer avec le capitaine Noël. Il prétendit être tombé dans sa cave en y descendant des meubles.

Sa carrière de marin venait de prendre fin. Jamais par

la suite Firmin n'allait pouvoir se redresser et encore moins travailler sur un navire. Concentré sur sa douleur, il s'efforça d'oublier les événements qui avaient provoqué sa chute. Mais bientôt il dut encaisser, coup sur coup, deux terribles nouvelles.

L'accusation

Après avoir avalé les saucisses à l'étrange saveur, le conteur préféré de la Mouette n'avait pas fait de vieux os. Il avait été saisi de douleurs aiguës au ventre en plein milieu de son récit et s'était écroulé, sans vie.

Le médecin mandé d'urgence sur les lieux conclut à une crise cardiaque. Puis l'on découvrit parmi ses papiers que, depuis peu, il était propriétaire d'une maison dans la paroisse de Sainte-Pétronille, où il vivait… avec femme et enfants !

Son épouse avait eu vent des sorties de son homme du côté de Saint-Jean. Quand elle apprit qu'il était mort après avoir mangé à La Mouette, elle déposa une plainte et exigea une autopsie. Au bout de quelques jours, les résultats furent connus : le pilote des mers lointaines avait ingurgité de l'arsenic.

Cora Pépin fut arrêtée et accusée d'avoir voulu empoisonner son client. Elle eut beau protester, affirmer que c'était quelqu'un d'autre qui avait dû mettre du poison dans le plat, qu'elle avait aperçu un canif jaune sur son comptoir entre deux services, personne ne voulut la croire. On lui remit sous le nez le décès rapide de ses trois derniers maris, et l'accusation fut maintenue.

En moins d'une semaine, la population de l'île d'Orléans et du Québec entier était informée qu'une empoisonneuse venait de faire mourir un quatrième amoureux.

Firmin ne leva pas le petit doigt pour secourir Cora Pépin. Depuis plusieurs semaines, il n'avait pas fréquenté la salle à manger de La Mouette, et son alibi de la chute dans sa cave tenait parfaitement. Il avait d'ailleurs soigneusement enterré la fiole de poison dans son jardin sous plusieurs pieds de terre.

Seul le capitaine Noël lui avait demandé s'il avait encore son canif jaune. Firmin lui avait répondu habilement, mais la vision de l'objet le tourmentait à tel point que, le soir, il en avait la berlue. Dans le reflet de la lame, Cora dansait, vêtue d'une robe fleurie et coiffée de son petit chapeau d'autrefois.

Firmin tremblait de honte et de désir, incapable de dormir. Mû par une impulsion perverse, il grava des lettres enlacées sur la lame. Ensuite il résolut de se débarrasser de l'instrument, mais tarda à se décider. Il attendit si longtemps que, lorsqu'il le fit, la Mouette n'était plus de ce monde.

Car, bien sûr, à la suite d'un long procès, on

condamna la femme. Malgré son refus d'avouer le moindre crime, Cora Pépin fut pendue par un soir lugubre d'automne. Après avoir démoli son restaurant, on érigea une croix sur les lieux du drame.

La lame vivante

Firmin éternua. Non, il ne rêvait pas. Il se trouvait le long du cimetière et Cora était devant lui au milieu d'une flamme de feu follet, glorieuse, cent fois plus belle que sur la lame de son canif autrefois.

— Assassin ! cria-t-elle. J'avais pas compris dans le temps, mais toi, t'as jamais cessé de m'appeler. Me voici, me voilà ! À présent, arrange-toi pour faire éclater la vérité.

Des flammèches atteignaient le visage de Firmin qui grimaçait et se tordait les mains. Il balbutia :

— C'est pas de ma faute si le gars est mort. Je voulais juste le rendre malade, pas le tuer. Je t'aimais !

— Espèce de sans-cœur, t'aimais rien que toi-même. Exécute-toi ! Sinon, je te lâcherai pas d'une semelle, Firmin-la-Bosse !

Sortie de la bouche de Cora, cette insulte déchirait Firmin. Bossu, il l'était du dos et de l'âme depuis douze longues années. Il voulut reculer, mais l'apparition enflammée se rapprocha davantage, lui grillant les sourcils.

— Dépêche-toi !

— Bon, t'as gagné ! lâcha-t-il, résigné.

De son pas traînant, Firmin Gagnon se dirigea vers la tombe de l'empoisonneuse et creusa de ses mains nues la terre imbibée d'eau. Au bout d'un moment, il en retira un canif jaune qu'il se hâta de déposer sur une clôture, près de l'entrée du cimetière. Un grand rire retentit à ses oreilles tandis que le feu follet allait s'éteindre contre l'objet de métal.

Le souffle court, la tête brûlante malgré le froid et l'humidité, Firmin remonta lentement dans sa charrette et cria à son cheval :

— Marche, Garnotte ! On s'en va chez la Mouette !

Le lendemain, on retrouva Firmin sans vie au milieu des rochers, derrière la croix installée à l'emplacement de l'ancienne salle à dîner. Le canif jaune, incrusté des initiales de Firmin Gagnon et de celles de Cora Pépin sur sa lame, fut ramassé par le bedeau de l'église, qui le remit au capitaine Noël. Ce dernier n'avait rien oublié des événements tragiques du passé. Il fit graver à ses frais un monument sur la tombe de la condamnée.

On peut encore y lire : « Ici repose maintenant en paix Cora Pépin, injustement accusée d'empoisonnement. »

4

LA SIRÈNE AUX YEUX VERTS

Un ciel jaune

Au large du village de Matane, des sirènes belles comme des déesses rôdaient autrefois près des embarcations. Les vieux l'affirmaient : certains jours de gros temps, des créatures blondes, mi-femme, mi-poisson, enjôlaient les pêcheurs imprudents. Malheur à qui ne regagnait pas le port aussitôt. Les sirènes pouvaient l'endormir de leurs chants ou même le rendre fou ! Jamais ensuite l'aventureux ne retrouvait ses esprits.

Pierrot Ouellet ne croyait rien de tout cela. Il avait franchement hâte de rencontrer l'une de ces créatures ! Quand son père tomba malade et que, seul, il prit la mer avec ses lignes et ses filets, son visage rayonnait. Il avait dix-huit ans, l'âge d'examiner les filles de près. Quant à se laisser charmer par une sirène, il n'en n'était pas question. C'était lui qui allait en séduire une ! Son plan était clair et net. Déjà, avant de s'embarquer, il avait installé une grande cuve d'eau de mer dans l'écurie, derrière la maison. C'est là qu'il garderait sa prise fabuleuse.

Mais le ciel resta sans nuages ce jour-là et les cinq suivants. Le sixième jour, dès quatre heures du matin, le vent se mit à siffler d'étrange manière. Inquiet, le père Ouellet se redressa dans son lit, puis se traîna jusqu'à la fenêtre. Alors il s'écria :

— Maudit temps de sirène ! Regarde-moi ça, Pierrot, le ciel vire au jaune. Avise-toi pas de sortir en mer aujourd'hui ! On a eu assez de malheurs comme ça.

— Voyons, le père ! Quand on pêchait ensemble, le vent vous effrayait pas. Il y a du jaune dans le ciel parce qu'on est au petit matin. C'est le moment d'aller attraper la morue.

— C'est toi qui vas te faire attraper, pauvre innocent ! Les filles à moitié poisson vont « t'enfirouaper » avec leurs belles chansons.

— Arrêtez donc vos histoires de peur. Les sirènes ont disparu depuis des années !

— À Matane, mon gars, tu sauras qu'il en reste encore. Jean-Baptiste, mon ancien voisin, en a écouté une chanter, pis il s'est endormi. Son bateau a coulé raide jusqu'au fond. Des vraies créatures du diable !

— En revenant je vous conterai ça, si j'en ai vu ou pas, ricana Pierrot, déjà prêt à partir. Vous en faites pas pour moi.

À vrai dire, il s'était préparé plus tôt que de coutume, impatient de se retrouver au large. Le « temps de sirène », il le désirait depuis longtemps. Sans tenir compte des supplications de son père, Pierrot quitta la maison par la porte arrière.

La mer était houleuse et la plage déserte. Par toute la côte, le vent se faisait menaçant. Les mouettes et les goélands avaient pris la fuite vers les rochers. Pour sûr, une vilaine tempête allait se lever bientôt.

Les pêcheurs d'expérience étaient restés chez eux à ravauder leurs filets. Malgré tout, Pierrot n'avait pas l'intention de virer de bord. D'un geste déterminé, il déposa ses agrès dans le bateau, hissa la voile et s'éloigna du quai.

— Venez-vous-en, les sirènes! lança-t-il. Je vous attends avec un filet paré juste pour vous autres.

Le chant des sirènes

De toutes les sirènes, Madine était la plus aventureuse. Le monde terrestre l'attirait. Non pas qu'elle désirât quitter la mer. L'étendue en était trop vaste, trop remplie de merveilles pour qu'elle songeât même à y renoncer. Elle raffolait des lumières sous-marines, des coquillages, de la caresse de l'onde sur ses cheveux. Pourtant, chaque fois qu'elle émergeait des eaux, Madine avait le regard allumé.

D'où venaient ces courageux pêcheurs qu'elle cherchait à séduire ? Comment était le domaine des hommes, de l'autre côté des vagues ?

Ce matin-là, quand Madine jaillit de l'écume, une seule embarcation naviguait sur les flots déchainés. Le modeste bateau se faisait brasser comme un morceau d'écorce de bouleau. Seul à bord, Pierrot Ouellet ne fanfaronnait plus. Il se concentrait sur sa course et manœuvrait avec énergie. Sa silhouette se dressait comme une ombre mouvante, sans cesse sur le point d'être happée par la mer. La curiosité de Madine était plus piquée que jamais : qui était cet imprudent ?

Dès que le chant des sirènes s'éleva sur la mer, une accalmie survint. Madine, plus vive que ses sœurs, atteignit le bateau la première. Elle vint nager et virevolter devant Pierrot. Elle chanta ses airs les plus envoûtants. Mais le jeune homme, tout inexpérimenté qu'il était, avait pris soin de se mettre des bouchons dans les oreilles ! Nullement ensommeillé, il évitait de regarder la blonde sirène en face, afin de mieux résister à ses charmes.

D'une main preste, il jeta un grand filet à l'eau. C'était un filet décoré des bracelets et des broches de sa défunte mère. Il avait entendu dire que ces créatures de mer étaient diablement vaniteuses, et Pierrot voulait les attirer avec des bijoux. Aussi, il ne s'étonna guère quand la sirène s'engouffra dans le piège attrayant qui lui était tendu !

Fier de sa capture, Pierrot mit le cap vers le quai. Ce qu'il ignorait, c'est que Madine s'était prêtée au jeu en toute conscience. Le goût de la découverte et de l'aventure avait été trop fort. Enfin elle voguait vers la côte, enfin elle allait connaître un pêcheur et son entourage !

Dans son filet, la sirène chanta à ses sœurs de ne pas s'inquiéter et de faire se lever le vent. Après quelques minutes, le bateau accosta, poussé par des rafales gigantesques. Pierrot retira les bouchons de ses oreilles et se prépara à débarquer.

Pour la première fois, Madine, la sirène, examinait de près la terre ferme. Elle se réjouissait à la vue des barges, des voiliers et des simples barques amarrés au quai. Les gens étaient tous à l'abri, sauf quelques enfants qui, plus loin, cabriolaient dans les flaques d'eau. Elle souriait du spectacle, mais son plaisir fut de courte durée : Pierrot enfonça le filet dans un gros sac qu'il déposa sur le quai. Il le chargea ensuite sur son dos et se dirigea vers la maison de son père, laissant Madine dans le noir.

Devant une croix de chemin, le pêcheur de sirène se signa prudemment, non par piété, mais pour éloigner le curé. Avec une créature du diable suspendue à son épaule, c'était la dernière personne que Pierrot souhaitait rencontrer !

Un instant après, une voix tonitruante, portée par le vent, faillit le faire trébucher.

— Ohé, là-bas ! T'as toute une prise !

Pierrot se redressa en reconnaissant son deuxième voisin, un gars sans métier et un peu benêt. Il lui répondit qu'il venait de pêcher un gros hareng et devait rentrer chez lui sans tarder. L'autre n'insista pas et Pierrot, malgré le poids sur son dos, se rua vers l'écurie derrière la maison familiale.

Les ruses de la captive

Sentant une présence étrangère, l'unique cheval du père Ouellet se mit à hennir. Madine ignorait tout des animaux terrestres. Effrayée, elle lança une plainte aiguë qui résonna dans la campagne.

— Veux-tu bien te taire ! souffla Pierrot. C'est rien qu'un vieil étalon. Une bête pas méchante pour deux sous.

Il ferma la porte de l'écurie et fit glisser la sirène dans la cuve d'eau préparée à son intention. Le cheval se cabra dans son coin et le pêcheur s'en fut lui donner un peu d'avoine.

Une fois l'animal apaisé, Pierrot s'assit sur une bûche pour contempler sa captive. Madine tournoyait dans son bain improvisé, mal à l'aise entre les parois de métal de sa prison. Ses longs cheveux clairs s'enroulaient autour de son corps et ses pupilles étincelaient d'une lumière verte.

— Ma parole, on dirait que tu as des lanternes à la place des yeux ! murmura-t-il, subjugué.

Il la trouvait vraiment très belle. Jamais il n'avait vu

un aussi joli visage de fille. Tant de beauté l'exaltait. Pierrot tomba follement amoureux d'elle.

De son côté, Madine l'estimait trop costaud à son goût, même si son visage était agréable. Elle lui sourit, mais ne pensait qu'à obtenir de lui ce qu'elle voulait : sortir et visiter les alentours. Elle se remit donc à chanter en montrant la porte.

Cette fois, Pierrot oublia d'enfoncer les bouchons dans ses oreilles. Il comprit vite ce que voulait la sirène. Torturé par sa requête, il répliqua sur un ton piteux :

— Tu demandes l'impossible en voulant aller te promener ! Si on m'aperçoit avec une sirène, je serai arrêté, questionné, pis toi, je donne pas cher de ta peau. T'en sortiras pas vivante. Il faut attendre une nuit sans lune.

Madine nageait de plus en plus vite, et l'eau de la cuve venait éclabousser Pierrot. Il en ressentait une véritable brûlure. Un seul désir l'habitait : plaire à sa sirène. Il lui offrit les bijoux attachés au filet. Elle les repoussa tous, sauf une broche sur laquelle était montée une agate rouge qu'elle attacha à une boucle de ses cheveux. Puis, loin d'être satisfaite, Madine reprit son chant. Le message était précis : elle souhaitait visiter la côte sans délai, et tant pis pour le reste.

Comme Pierrot hésitait encore, elle entonna la chanson la plus langoureuse de son répertoire. Ses yeux verts étincelaient, et le jeune homme, ébloui, se pencha pour l'embrasser sur les lèvres. La sirène se détourna vivement.

Sa liberté lui importait trop pour qu'elle s'attachât, ne fût-ce qu'un instant !

Pierrot recula, déçu. Une fois qu'il fut à distance, le charme cessa d'opérer. Le garçon pensa qu'il ferait mieux de s'éloigner jusqu'à la nuit tombante.

— Tiens-toi tranquille, ma belle ! déclara-t-il. Je reviendrai te chercher plus tard. Promis, on ira se promener !

Et Pierrot disparut. Furieuse, la sirène s'immobilisa dans la cuve.

Pour toute compagnie, elle n'avait que le vieux cheval et des araignées qui tissaient leurs toiles aux quatre coins du bâtiment. C'était donc ça, vivre chez les humains ?

En comparaison, la mer lui paraissait un vrai royaume. Des visions de grottes souterraines peuplées de poissons argentés, d'anémones et d'algues multicolores remontaient à sa mémoire. Madine se promit de déguerpir au plus tôt de la terre. Fille de la mer elle était, fille de la mer elle resterait !

Pour ramener Pierrot auprès d'elle, elle connaissait un moyen infaillible : chanter très fort pour alerter ses proches, ses voisins et tout le village s'il le fallait ! Elle prit une grande inspiration et commença à chanter des romances de toute la puissance de ses poumons.

Un appât en chanson

Pierrot n'avait pas mis un pied dans la maison que son père le houspillait.

— D'où c'est que tu viens, espèce de courailleux de sirènes ? T'es jaune comme un poireau. Qu'est-ce que tu transportais dans ton sac quand t'es revenu ? J'entends des musiques du diable du côté de l'écurie. Explique-moi ça !

Le père Ouellet n'avait pas eu un instant de repos depuis que son fils était parti. Hanté de visions affolantes, il était resté près de la fenêtre tout ce temps-là. Il l'avait bien vu revenir avec un gros sac ondulant sur son dos. Et, à présent, un chant infâme provenait de sa propre écurie et résonnait comme un cor de chasse !

Le vieux respirait par petits coups, fou de colère. Il leva sa canne sur Pierrot, resté silencieux comme une morue et figé raide.

— Réponds donc, maudit garnement ! Aimé est à la veille d'arriver. Je m'en vas lui demander d'aller chercher le curé.

Aimé Bouffard était le bedeau de la paroisse. Chaque jour, il venait fumer une pipe avec son vieil ami, à la fin de l'après-midi. Nul doute qu'il ferait la commission en vitesse.

Pierrrot tremblait de peur, autant pour lui que pour la sirène. Elle chantait tellement fort et d'une manière si captivante que son chant pénétrait certainement dans toutes les maisons du village. Un véritable appât vivant !

Le malheureux garçon s'en voulait d'avoir laissé la fenêtre de l'écurie ouverte. Mais c'était trop tard : il devait au moins fournir une explication à son père.

— C'est, euh… la Monique de la chorale de l'église, qui, euh… doit s'exercer chez elle, ânonna-t-il. Le vent vient de ce bord-là.

— Tais-toi ! Effronté de menteur !

Le père Ouellet était devenu cramoisi. Une minute après, il s'écroulait, victime d'une attaque d'apoplexie. Quelqu'un se précipita à l'intérieur de la maison au même moment.

— Par le bon Dieu du ciel ! lâcha Aimé Bouffard. Qu'est-ce qui vous arrive ? C'est qui, la chanteuse pâmée ?

Il ôta son chapeau quand il aperçut le vieux pêcheur étendu par terre. L'instant d'après, il tentait de le ranimer en versant de l'eau sur son front. Pendant que le bedeau s'occupait de son père, Pierrot courut à l'écurie : de toute urgence, il fallait qu'il s'éclipse avec la sirène !

Par malheur, des curieux étaient déjà en route vers

chez lui. Entendre un tel chant amoureux, par un vent à écorner les bœufs, ce n'était pas normal ! Une file de pêcheurs, suivis de mères de famille scandalisées et de garçons fiers comme des coqs, remontaient la côte qui menait chez les Ouellet. Même le curé était de la procession !

Pierrot voulut quitter l'écurie avec la sirène, mais il dut reculer dans l'ombre pour attendre que passe la troupe excitée. Madine avait cessé de chanter, mais elle se montrait impatiente et frétillait dans son sac. Pierrot lui chuchota :

— Prends patience ! On s'en va bientôt.

Le bedeau était sur le perron de la maison et appelait le curé au secours. Ce dernier sortit du rang, et les habitants crurent qu'il fallait le suivre pour trouver la charmeuse.

Sans bruit, Pierrot quitta sa cachette et marcha à grands pas vers le sentier qui menait au quai et à la plage. La sirène avait réussi à extraire sa tête blonde du sac. Elle regardait autour d'elle avec curiosité, tandis qu'il déambulait.

— Chut ! Pas un son, gronda Pierrot, troublé par les longs cheveux de Madine qui lui frôlaient le cou.

Il n'avait pas franchi le quart de la distance qu'un pêcheur l'aperçut par une fenêtre de la maison des Ouellet.

— Ohé, les gars ! Y a une belle créature dehors. Venez voir ça !

Le grand départ

Le soleil baissait et ses reflets miroitaient sur l'eau dans toute la gamme des orangés. Réjouie du spectacle, la sirène se remit à chanter. Les notes romantiques se répandaient par toute la campagne. Pierrot avait beau lui répéter de se taire, Madine chantait de plus belle.

Dans la maison des Ouellet, les hommes et les garçons se bousculaient pour sortir. Même le bedeau tentait de se frayer un chemin vers la porte côté mer ! Seul le curé resta pour veiller le père Ouellet, qui marmonnait à présent des paroles incompréhensibles. Jouant des coudes et des poings, les gaillards les plus solides avaient réussi à sortir les premiers et galopaient dans les rochers pour rattraper Pierrot. Bientôt, ils furent juste derrière lui et sa captive.

Madine poussa alors un cri en trémolo qui les cloua sur place. Chacun ressentait une immense attirance. Ils tendaient les bras mais demeuraient incapables de bouger, les lèvres serrées, le corps en émoi. Pierrot, lui, continuait d'avancer, aussi bouleversé que les autres, mais poussé en avant par la volonté de la sirène aux yeux verts. On aurait dit qu'elle le menait comme une monture.

L'ambitieuse lui fit faire un long détour par la plage pour mieux se régaler de la lumière du couchant. Puis son chant devint rythmé, impulsif, et Pierrot, pris d'une frayeur incontrôlable, courut vers le quai. Ruisselant de sueur, il serrait très fort le sac contre lui et se frottait la tête contre les cheveux soyeux de la sirène.

— Non, non, criait-il, je veux pas te perdre !

De loin, la foule des gens du village observait la scène en silence. La marée montante roulait des vagues puissantes, ce qui en faisait trembler plus d'un. Chacun devinait l'intention de la créature mi-femme, mi-poisson.

Une fois sur le quai, Pierrot tenta de reculer, mais la sirène insistait pour qu'il continue d'avancer. Malgré lui, il posait un pied devant l'autre. Arrivé à l'extrémité du quai, le tissu du sac craqua et, après un vol plané, Madine plongea dans les flots.

Dévasté, Pierrot vit la chevelure blonde flotter un instant à la surface de l'eau puis disparaître. D'un geste impulsif, il s'élança pour plonger à son tour. Au dernier moment, un objet luisant par terre attira son attention : c'était la broche avec l'agate rouge, que la sirène avait laissée tomber. Il ramassa le bijou et, tout d'un coup, retrouva ses esprits : cette fille de la mer n'était pas pour lui.

Longtemps les habitants fouillèrent les flots du

regard, sans apercevoir l'ombre d'une sirène. Mais le trouble qu'ils avaient ressenti en la voyant demeurait en eux.

Depuis ces événements, Madine et ses sœurs sont demeurées silencieuses. Trop heureuses dans leur royaume de la mer, elles ne sont pas revenues importuner les humains. Et jamais plus on n'a observé de sirènes blondes au large de Matane.

Table des matières

AUTRES TITRES AU CATALOGUE

Imprimé sur du papier 100 % postconsommation et certifié FSC.

MISE EN PAGES ET TYPOGRAPHIE :
LES ÉDITIONS DU BORÉAL

ACHEVÉ D'IMPRIMER EN MARS 2009
SUR LES PRESSES DE L'IMPRIMERIE GAUVIN
À GATINEAU (QUÉBEC).